BASTEI LÜBBE

Aus dieser Taschenbuchreihe sind folgende Romane erhältlich. Fragen Sie Ihren Buch- oder Zeitschriftenhändler

31 218	Der Unverwundbare
31 219	Unser Kronzeuge, der Killer
31 220	Miß Unterwelt
31 221	Straße der Tränen
31 222	Das Mörder-College
31 223	Der G-man des Jahres
31 224	Als der Broadway starb
31 225	Der Witwen-Club
31 226	Die Horror-Gang
31 227	Der King von Acapulco
31 228	Nichts geht mehr – außer Mord
31 229	Die letzte Party im Penthouse
31 230	Der Mann, der mich kaufen wollte
31 231	Die 30-Dollar-Lady
31 232	Blutiger Zahltag
31 233	Vier gegen New York
31 234	Die Harlem-Queen
31 235	Kein Lösegeld für Präsidenten
31 236	Seine letzte Affäre
31 237	Ein ganz besonderer Mord
31 238	Ich, der Reporter
31 239	Die Privatdetektivin
31 240	Sein sechster Rivale
31 241	Das Thema eins der Mafia
31 242	Die den Tod verkaufen
31 243	Die Cockpit-Piratin

Jerry Cotton

Das Gegengift

Kriminal-Roman

BASTEI
LÜBBE

BASTEI-LÜBBE-TASCHENBUCH
Jerry Cotton
Band 31 244

Unser Titelfoto zeigt eine dramatische Szene aus dem erfolgreichen amerikanischen Horrorfilm „Die Körperfresser kommen".

Die auf unserem Titelbild dargestellten Schauspieler stehen in keinem Zusammenhang mit dem Inhalt und Titel dieses Bastei-Romans.

Titelfoto: United Artists
Umschlaggestaltung: Quadro-Grafik, Bensberg
Druck und Verarbeitung: Ebner Ulm
Printed in Western Germany
ISBN 3-404-31244-9

Der Preis dieses Bandes versteht sich einschließlich der gesetzlichen Mehrwertsteuer.

Der Tag war anstrengend gewesen. Er hatte aus nichts anderem bestanden als dem üblichen Klinkenputzen. Meine Suche nach einem Informanten blieb vergeblich. Schon brach die Nacht an diesem regnerischen Tag Ende September herein.

Ich fuhr gerade den West Side Highway von Manhattan in Richtung Süden entlang. Für heute hatte ich gründlich die Nase voll. Mit halbem Ohr lauchte ich auf die Durchsagen des Polizeifunks. Meist habe ich ihn eingeschaltet, wenn ich nicht gerade in höchster Eile war.

Die Meldungen gaben das übliche Kaleidoskop eines durchschnittlichen Abends in New York wieder. Verkehrsunfälle, ein Raub, eine unbekannte Leiche, ein flüchtiger Verkehrsrowdy.

Plötzlich horchte ich auf. Der angegebene Ort lag nah an meiner augenblicken Position.

»Selbstmörderin im Hotel Ballin, 95th Street West, Manhattan. Will auf die Straße springen. Welcher Wagen ist in der Nähe?«

Es meldete sich keiner. Ich wartete. Automatisch hatte ich den Fuß vom Gas genommen, blinkte nach rechts und hielt auf die nächste Abfahrt vom Highway zu, der hier erhöht verlief.

Der Anruf der Zentrale wiederholte sich. Erneut kam keine Bestätigung.

Anscheinend war kein Patrolcar in der Nähe der 95th Street.

Ich nahm das Mikro aus der Halterung. Mit dem Empfänger stand auch mein Sender auf der Frequenz der örtlichen Polizeifunkzentrale.

»Hier spricht Cotton, FBI«, sagte ich. »Komme ich an?«

»Wir hören Sie deutlich, Cotton.«

»Ich bin in der Nähe und fahre schnell mal hin. Vielleicht kann ich etwas tun. Veranlassen Sie aber trotzdem das Übliche.«

»Okay, Cotton, danke«, sagte der Zentralesprecher.

»Wir sind anscheinend in dieser Gegend im Augenblick etwas knapp. Sie kriegen Hilfe. Over.«

»Over.«

Ich hängte das Mikro in die Halterung zurück. Natürlich hätte ich weiterfahren können. Ein Selbstmörder ist an sich keine FBI-Sache. Aber wir helfen, wo es möglich ist.

Drei Minuten später hatte ich die 95th Street West erreicht. Eine Straße aus ziemlich frühen Tagen mit vier- bis sechsstöckigen alten Häusern. Die meisten davon heruntergekommen. Sie führt vom nördlichen Central Park zum Ufer des Hudson.

Schon von weitem erkannte ich die Gruppe der Schaulustigen. Sie sperrte nahezu die Straße. Ich fuhr meinen Jaguar in eine enge Parklücke, stoppte schräg auf dem Gehsteig und stieg aus.

Gegenüber lag das Hotel Ballin.

Meine Blicke wanderten an der abgebröckelten Fassade hoch. Zunächst war der Grund für die Ansammlung der etwa 50 Menschen nicht zu sehen. Doch dann bemerkte ich die Gestalt oben an der Dachrinne. Sie saß darauf, beide Beine über der Tiefe, als sei es nur die Einfassung einer Rasenfläche. Mit dem einen Arm stützte sie sich auf die Rinne.

An dem Mansardenfenster über ihr befanden sich zwei Personen. Es sah aus, als redeten sie auf die Gestalt draußen ein. Eine davon machte beschwörende Armbewegungen.

Ich wußte, hier war Eile geboten. Ein falsches Wort, eine unbedachte Geste, und die Unglückliche draußen würde sich in die Tiefe fallen lassen. Sie befand sich etwa 20 Yard über dem Gehsteig. Dieser Sturz würde genügen, um sie zu töten.

»FBI, lassen Sie mich durch!«

Ich wedelte mit meiner ID-Card und drängte mich durch die Neugierigen zum Eingang. Vor dem kleinen

Tresen für den Portier blieb ich stehen. »Was ist da oben los?«

»Keine Ahnung, Mister.« Der farbige Mann hinter dem Tresen sah erst den Dienstausweis und dann mich an. »Die spielt anscheinend verrückt. Na, Sie sind ja jetzt da.«

»Wer ist sie? Hat es etwas gegeben? War jemand bei ihr?« fragte ich eilig.

»Da.« Der Mann schob mir ein Gästebuch hin. Sein Finger deutete auf einen Namen. Jane Smith, stand da. Ich hatte so einen Namen erwartet. In Absteigen dieser Art tragen sich die meisten Gäste als Smith, Brown oder Fisher ein. Niemand fragt normalerweise danach, ob sie wirklich so heißen.

»Und sonst?« drängte ich.

»Sie ist allein gekommen. Fiel euch nicht auf – bis eben . . .«

Ich verzichtete auf eine weitere Frage. Ich rannte die Treppe hinauf. Der abgetretene Läufer wies Löcher auf und war nachlässig befestigt. Das wacklige Treppengeländer bot nur unzureichenden Halt. Ich mußte aufpassen, nicht zu stürzen.

Im 6. Stock war eine Zimmertür offen. Ein paar Leute standen davor und spähten hinein. Ich betrat den karg möblierten Raum und ging zum Fenster. Dort standen eine Frau und ein Mann. Ich zog sie behutsam weg.

»FBI, Special Agent Cotton. Ich war zufällig in der Nähe«, sagte ich leise, daß die Frau draußen es nicht hören konnte. »Wissen Sie, was los ist?«

»Keine Ahnung, Sir«, sagte die Frau, der Kleidung nach eine Hausangestellte. »Sie ist seit heute morgen hier. Sieht heruntergekommen aus. Das arme Ding.«

»Wahrscheinlich besoffen oder so«, ergänzte der Mann hart. »Na, versuchen Sie Ihr Glück! Wenn Sie mich fragen, für so eine ist es besser, sie springt und hat den ganzen Schwindel hinter sich.«

Langsam ging ich auf das schmale Fenster zu und beugte mich hinaus. Etwa drei Yard schräg unter mir sah ich nun die Frau zum ersten Mal aus der Nähe.

Trotz der mangelhaften Beleuchtung erkannte ich, daß sie noch ziemlich jung war. Jeans, eine hüftlange dünne Jacke, darunter ein T-shirt, schulterlanges ungepflegtes dunkelblondes Haar.

»Hallo«, sagte ich leichthin, »ziemlich unbequem da draußen! Wollen Sie nicht wieder reinkommen?«

Die Frau wandte mir das Gesicht zu. Sie hatte bis jetzt über die Dächer hinweg in die Ferne geblickt. Ihre Züge waren fein geschnitten, allerdings von Leiden gezeichnet.

Langsam schüttelte sie den Kopf.

»Ein Pfaffe, was? Geben Sie sich keine Mühe! In diesen Dreck holt mich keiner zurück, nicht mal Ihr Boß persönlich.«

Sie hielt mich für einen Geistlichen und meinte den lieben Gott.

Mir ging durch den Kopf, was wir von unserem Psychologen für solche Fälle eingetrichtert bekommen hatten. »Ruhig bleiben, ein Gespräch beginnen, Distanz halten«, hatte Doktor Bannerman immer wieder betont. »Versuchen Sie nicht sofort, den potentiellen Selbstmörder von der Tat abzubringen! Reden Sie mit ihm über das Wetter oder die letzten Baseballspiele! Gehen Sie auf das ein, was er sagt! Wenn er auf den Staat, die Polizei oder Gott und die Welt schimpft, schimpfen Sie mit! Sorgen Sie vor allem dafür, daß er sich entspannt! Selbstmorde geschehen in den seltensten Fälle aus ruhiger Überlegung.«

»Das Leben kann durchaus angenehm sein«, versuchte ich behutsam einzuwirken. »Haben Sie Kummer? Wir könnten darüber reden.«

»Zu spät, Pfaffe.« Es klang endgültig.

»Ich bin vom FBI, mein Name ist Jerry Cotton«, sagte

ich und steckte mir mit ruhigen Bewegungen eine Zigarette an. »Möchten Sie auch eine?«

»Seit wann rückt der FBI an, wenn jemand dieses Leben satt hat? Los, hauen Sie ab, verschwinden Sie! Ich hasse alle diese professionellen Helfer. Solange man unauffällig dahinvegetiert, kümmert sich kein Schwein darum, ob einer vor die Hunde geht. Erst wenn man die geheiligte öffentliche Ordnung stört, kommt ihr gerannt.«

Die letzten Worte wurden mir wütend entgegengezischt. Ich konnte nicht leugnen, es war etwas daran. Aber ich wollte nicht aufgeben.

»Was müßte geschehen, damit Ihnen geholfen wäre?«

»Mir kann keiner mehr helfen, das Zeug hat mich kaputt gemacht. Da!«

Sie streifte den linken Jackenärmel zurück. Ich sah die dunklen Pünktchen in der Armbeuge und wußte Bescheid. Vereiterte Einstichstellen. Die junge Frau war süchtig.

»Kapiert?« fragte sie. Ironie schwang in der Frage mit.

»Es gibt Entziehungskuren. Wollen Sie sich von dem Dreckzeug besiegen lassen?« Ich appellierte an ihre Selbstachtung.

»Ich habe es dreimal versucht. Dreimal bin ich rückfällig geworden«, sagte sie bitter und halb in die leere Luft. Ihre Blicke ging durch mich hindurch. »Als Polizist sollten Sie wissen, daß Entziehungskuren einen nicht wirklich befreien . . .«

Dem war nichts hinzuzufügen. Dennoch schöpfte ich Hoffnung. Das Gespräch kam in Gang. Allerdings erst in schwachen Ansätzen. Ich brauchte Zeit, viel Zeit. Würde ich sie bekommen?

»Sie haben meine Selbstachtung angesprochen«, sagte die junge Frau.

»Richtig.«

»Gerade weil ich noch einen letzten Rest davon in den

Knochen spüre, will ich weg. Sie sehen aus, als könnten Sie das begreifen.«

»Danke«, sagte ich. »Darf ich fragen, wie alt Sie sind?«

»Was würden Sie schätzen?«

»25 Jahre«, sagte ich, obwohl die ausgemergelte Gestalt dort unter mir auch zehn Jahre älter sein konnte. »In diesem Alter gibt man nicht auf.«

»19 bin ich! Seit vier Jahren drücke ich! Mein Körper ist reif zum Wegschmeißen. Seelisch bin ich es schon lange.«

Ich wußte, sei meinte Heroin. Die Altersangabe hatte mich erschreckt, obgleich mir zum Wrack gewordene Jugendliche durchaus nicht fremd waren. Wieder einmal drohte mich der Grimm auf die gewissenlosen Geschäftemacher mit dem weißen Tod zu überwältigen. Ich mußte mich beherrschen, um ruhig zu bleiben. Noch war der Kampf um dieses Leben nicht verloren! Wie es mit der Bedauernswerten weitergehen sollte, daran dachte ich in diesem Moment nicht.

Ich brauchte Ruhe und viel Zeit.

Aber das Schicksal hatte anders entschieden.

In der Ferne wurden Signale hörbar. Ich unterschied eine Polizeisirene und das Tuten einer Ambulanz. Die Töne näherten sich.

»Die kommen wohl meinetwegen. Man will mir das rasche Ende nicht gönnen. Lieber soll ich langsam verrekken. Nein!« Die junge Frau rutschte ein Stückchen weiter über die Dachrinne hinaus. »Wollen Sie mir einen Wunsch erfüllen, G-man?«

»Jeden, den ich kann.« Ich mußte verhindern, daß meine Stimme bebte.

»Sagen Sie meinem Vater, daß ich nicht verzweifelt war, daß ich nicht gelitten habe! Wollen Sie das tun?«

»Ich verspreche es.«

Während der letzten Sekunden hatte ich fieberhaft nach einer Möglichkeit gesucht, die Todbereite zu fassen.

Es war nicht möglich. Selbst wenn ich mich so weit wie möglich aus dem schmalen Fenster beugte, würde ich sie nicht erreichen. Der Abstand war einfach zu groß.

»Er heißt William Peers und ist Manager in Chief der Benson Pharma Corporation. Ich war seine Tochter Joan. Bye, bye, G-man.«

»Nein!« schrie ich. Aber mein Ruf ging bereits ins Leere. Der Platz auf der Dachrinne war frei.

Unten ging ein Aufschrei durch die Zuschauer.

Einige Sekunden stand ich unbeweglich, ehe ich vom Fenster zurücktrat. Joan Peers, 19 Jahre alt, weilte nicht mehr unter den Lebenden.

*

Ich brauchte ein paar Augenblicke, um mich zu fassen. Zwar hatte ich schon viele Menschen sterben sehen, aber dieser Tod ging mir an die Nieren. Die Ruhe und Entschiedenheit, mit denen Joan Peers ihr Leben beendet hatte, waren eindrucksvoller als etwa eine wilde Szene.

Dann eilte ich hinunter. Um die Tote auf dem nassen Gehsteig hatte sich ein Ring von Neugierigen geschlossen. Im Augenblick widerten mich die Leute an. Hart bahnte ich mir einen Weg mit den Ellbogen.

Joan lag mit halbgeöffneten Augen auf dem Rücken. Der Sturz aus dem 6. Stock hatte sie nicht entstellt. Ich bemerkte den Nieselregen nicht, der ihr Gesicht benetzte.

Gleich danach trafen ein Patrolcar und eine Ambulanz ein. Ich ging zu den uniformierten Kollegen von der City Police und wies mich aus.

»Es war nichts zu machen«, sagte ich, »sie wollte sterben.« Ich schilderte kurz den Vorgang.

»Dann können wir die Feuerwehr ja abbestellen.« Der Jüngere der beiden Cops ging zum Wagen zurück, um eine entsprechende Meldung über Funk zu geben.

Der Ältere, ein stämmiger Neger, stand neben mir. Er sah mich von der Seite an. »Was es schlimm?«

»Schlimmer als manches andere.«

»Immer die Jungen«, sagte der Cop. »Das verdammte Sauzeug ist wirklich die Hölle. Man sollte die Schweine, die damit handeln, alle im Hudson ersäufen.« Er ließ einige Sekunden verstreichen. »Wir brauchen Ihre Aussage, G-man. Es genügt, wenn Sie sie schriftlich machen und uns schicken.«

»Okay«, sagte ich. »Sie hat mich gebeten, ihren Vater aufzusuchen.« Damit ging ich in die Hocke und tastete den schlaffen Körper nach Papieren ab. Joan hatte nichts bei sich. Ihre Taschen waren leer. »Ich gehe mal rauf in ihr Zimmer«, unterrichtete ich den Cop.

»Geht in Ordnung, Mr. Cotton.« Der Cop nickte mir zu. »Ich veranlasse den Abtransport. Die amtliche Benachrichtigung geht den Angehörigen auf dem Dienstweg zu.«

»Danke.«

Ich drängte mich durch die Neugierigen und ging ins Hotel zurück. Langsam stieg ich die Treppe hinauf. Meine Kreppsohlen verursachten dabei kein Geräusch. Es begegnete mir niemand. Wer von Gästen und Personal nicht schlief oder arbeitete, stand an einem Fenster und verfolgte die gespenstische Szene unten auf der regennassen Straße.

Als ich den 6. Stock erreichte, hörte ich aus der offenstehenden Tür von Joans Zimmer Geräusche. Es klang, als durchsuche jemand in fliegender Eile den Raum.

Mit ein paar Schritten war ich da. Ein noch ziemlich junger Mann in Jeanszeug war dabei, die schmierige Bude umzukrempeln. Gerade riß er die Matratzen vom Bett.

»Was machen Sie hier?«

Der Mann fuhr herum. Er war mager, hatte fettiges Haar und ein blasses, pickliges Gesicht. Für einige Sekunden starrte er mich an. Seine Augen flackerten.

»Geht Sie 'nen Dreck an«, sagte er dann.

»Vielleicht doch.« Ich stellte mich in die Tür. »FBI. Wollen Sie die Dienstmarke sehen, oder reicht es, wenn ich es sage?«

»Okay, sie schuldet mir Geld. Ich wollt's mir holen.«

»Sie hat sich umgebracht.«

»Wenn Sie 'n Bulle vom FBI sind, sollten Sie das Leben besonders gut kennen. Leben heißt Geld, Geld und noch mal Geld. Wenn Sie keins haben, können Sie verrecken. Und weil sie mir Knete schuldet, suche ich jetzt danach.«

Er wandte sich um und fing an weiterzukramen.

Es war nicht sein freches Auftreten, das mich zum Eingreifen veranlaßte. Mit den Jahren bekommt man einen Blick für Rauschgiftdealer, besonders für die kleinen unter ihnen. Der normale kleine Dealer ist selber süchtig und verdient sich das Geld für den Stoff, indem er bei einem größeren Händler Rauschgift kauft und es an Endverbraucher verhökert. Dieser hier sah ganz danach aus.

Ich ging zu ihm hin, packte ihn am Arm und riß ihn herum.

»Nicht so hastig, Sportsfreund. Zeig mal, was du in den Taschen hast!«

»Flossen weg!«

Der Bursche schlug nach mir. Es war kein Mumm dahinter. Ich fing den Schlag ab und gab ihm einen Stoß vor die schmächtige Brust, der ihn auf den nackten Bettrost beförderte. Dann faßte ich ihn am Genick, holte ihn hoch und stieß ihn gegen die Wand.

»Hände hoch und Beine auseinander! Du kennst die Leier sicher schon. Ganz artig sein! Sonst nehme ich dich mit. Angriff auf einen Polizisten und versuchter Diebstahl. Es liegt an dir, ob die Latte noch länger wird.«

Meine rasche Aktion hatte ihm die Schneid abgekauft.

Als ich jetzt neben dem üblichen Springmesser noch

acht kleine Briefchen zutage förderte, wurde er wehleidig.

»Sie hat mir wirklich noch Geld geschuldet, G-man«, winselte er. »Über 30 Piepen. Ich hab' ihr was auf Kredit gegeben. Ihr Alter ist Millionär! Sie mußte doch was haben. Wenn unsereiner Verlust macht, kann er im Rinnstein krepieren, G-man. Die Großen kennen kein Erbarmen. Du kriegst bestenfalls 'nen Tritt in den Hintern, wenn sie dich nicht gleich kaltmachen lassen.«

»Geschenkt«, sagte ich. Mein Zorn war plötzlich verflogen. Die Leier hatte ich schon dutzendmal gehört. Und was das Schlimme daran war, sie stimmte aufs Haar. »Komm mit. Ich kann dich nicht laufenlassen. Besitz von Rauschgift – das andere ist vergessen.« Ich holte die Armbänder heraus und legte sie ihm an. »Die Cops sind noch unten. Sie werden dich mitnehmen.«

»Danke«, stammelte der Bursche. Er hatte aufgegeben.

Ich brachte ihn hinunter. Die Neugierigen, die hinter der eben abfahrenden Ambulanz hergeblickt hatten, nahmen mich und den Festgenommenen kaum zur Kenntnis. Es gehört zum Alltag in New York, daß jemand verhaftet wird.

Nachdem die Streife den Dealer mitgenommen hatte, ging ich nochmals in das Zimmer im 6. Stock. Unter den wenigen Habseligkeiten fand ich einen zerdrückten Führerschein auf den Namen Joan Maureen Peers und ein kleines Notizbuch. Darin stand unter anderem die Adresse ihres Vaters: Oceanside, 36 Stillman Avenue.

Ich kannte die Gegend. Die Straße lag an der Middle Bay. Dort befindet sich auch der exklusive Country Klub. Der Kontrast zu dem armseligen Zimmer im Hotel Ballin hätte kaum größer sein können.

Etwas später fuhr ich nach Hause. Der Regen hatte den Blutfleck auf dem Gehsteig vor dem Hotel weggewaschen, als ich die miese Absteige verließ. Nichts deutete darauf hin, daß hier vor einer knappen Viertelstunde ein junger Mensch aus dem Leben geschieden war, der es noch gar nicht richtig begonnen hatte.

Ich weiß nicht, weshalb mir der Tod von Joan Peers so naheging. Vielleicht hatte mich ihre ruhige Entschlossenheit so beeindruckt. Jedenfalls rief ich später von meiner Wohnung aus meinen Freund und Kollegen Phil Decker an und sprach mit ihm darüber.

»Verdammt traurig, Jerry«, sagte Phil. »Es ist immer dasselbe. Selbst nach einer Entziehungskur bleibt der Süchtige gefährdet. Er muß sich jeden Tag neu überwinden, um die Finger davon zu lassen.«

»Ich kenne das. Der geringste Anstoß, eine Schwierigkeit etwa, die es zu überwinden gilt, eine Enttäuschung alltäglicher Art, und schon hängt er wieder an der Nadel.«

»Das Höllenzeug verändert die Psyche. Es bleibt eine psychische Abhängigkeit, selbst wenn die körperliche überwunden ist. So gesehen sind alle Entziehungskuren unvollständig.«

»Du sagst es, Phil. Wie genau das stimmt, habe ich vorhin wieder gesehen. Glaube mir, es war einfach scheußlich.«

»Ich weiß es, Jerry«, meinte mein Freund. »Ob die Experten einmal etwas entwickeln werden, das diese psychische Abhängigkeit beseitigt oder wenigstens mildert?«

»Zeit wäre es«, sagte ich.

*

Das Telefon summte. Jack Dotzman langte nach dem Hörer. »Hallo.«

»Ich bin's. Kannst du sprechen?«

»Moment.« Dotzman hatte die Stimme seines Laufburschen Gino Brolli erkannt. Sein linkes Handgelenk ruckte hoch. Neun Uhr abends vorbei. Wenn Brolli um diese

Zeit noch störte, mußte es einen gewichtigen Grund geben.

Dotzman gab der braunhäutigen Mieze, die er sich für diese Nacht bestellte hatte, einen Wink, das Zimmer zu verlassen. Die schlanke junge Frau mit den unnatürlich groß wirkenden Augen gehorchte sofort. Sie kannte den kräftigen Mann mit dem brutalen Gesicht. Wenn man bei ihm nicht in jeder Hinsicht spurte, gab es keine Moneten, sondern es setzte Prügel.

»Okay, was gibt's?« fragte Dotzman danach. Seine Stimme klang rauh, als reibe man Sandpapier gegen Stein.

»Billy Adams ist hochgegangen«, hörte er Brolli sagen. »Vor knapp einer Stunde im Hotel Ballin. Die Bullen haben ihn mitgenommen.«

»Wie kam es dazu? Hat er Scheiße gebaut?«

Dotzmans Gesicht verzog sich. Auch wenn es sich nur um einen kleinen Dealer handelte – eine Festnahme konnte immer Ärger bedeuten.

»Weiß ich nicht genau, Jack«, sagte Brolli mit einem Schuß Ehrerbietung. »Kurz vorher ist eine aus dem Fenster gesprungen. Sie ist ex. Hat wohl zu Billys Kundinnen gehört. Jedenfalls hat ihn ein Bulle vom FBI kurz hinterher in ihrem Zimmer geschnappt. Mehr weiß ich auch nicht. Wollte dir das nur melden.«

»Okay.« Das war Dotzmans ganze Anerkennung. »Das dumme Schwein wollte wohl schnell noch was mitgehen lassen oder Schulden eintreiben. Du kennst ihn. Ob er quatschen wird?«

»Ich weiß nicht. Er gehört nicht zu den harten Typen. Ist auch schon ziemlich fertig. Zu lange süchtig.«

Dotzman überlegte einen Moment. »Weißt du, wer es war, die rausgesprungen ist?«

»Sie hieß Joan Peers. Mehr hab' ich nicht rausgekriegt.«

»Gut, erledigt für heute. Wir behalten Adams im Auge«, sagte Dotzman. »So long.« Er legte auf. Ein paar Sekunden sann er über den Namen Peers nach. Er erinnerte sich, ihn im Zusammenhang mit gewissen Gerüchten in der New Yorker Drogenszene schon einmal gehört zu haben. Worum es sich genau gehandelt hatte, fiel ihm nicht ein.

War ja auch egal! Er steckte die Finger in den Mund und pfiff. Sekunden später kam das Girl herein. Sie hatte sich inzwischen fast ganz ausgezogen und trug nur noch ein paar kleine Fetzen weißer Reizwäsche. Unterwürfig blieb sie in der Tür stehen.

»So ist's fein, mein Engel.« Dotzman grinste. Er goß sich drei Finger hoch Whisky ein und kippte den hellgelben Trank in einem Zug. »Komm her und nimm auch einen!« forderte er das Callgirl auf. »Das bringt dich in die richtige Stimmung.«

*

»Natürlich gehen Sie hin, Jerry«, sagte unser Chef, Mr. John D. High am nächsten Morgen. »Nicht nur, weil Sie es der unglücklichen Joan versprochen haben. Ihr Vater ist eine bekannte Persönlichkeit in der Pharmaindustrie. Ich möchte, daß ihm der einzige Augenzeuge die Nachricht vom Tod seiner Tochter überbringt.«

Ich hatte zu Dienstbeginn dem Chef die Ereignisse des letzten Abends berichtet. Mr. High hatte zugehört, nicht ohne bewegt zu sein. Noch wußten wir beide nicht, daß aus der ebenso traurigen wie leider alltäglichen Angelegenheit ein brisanter FBI-Fall werden sollte.

»Eine angenehme Mission ist es nicht gerade«, sagte ich. »Wissen Sie etwas über die Familie, Sir? Bei einem traurigen Anlaß wie diesem fühlt man sich besser, wenn man die Situation der Leute ein wenig kennt. Der Dealer behauptete, Joans Vater sei Millionär.«

»Das trifft sicher zu. William Peers ist Chefmanager

und größter Anteileigner der Benson Pharma Corporation. Ich bin ihm einmal auf einem Empfang des Stadtparlaments begegnet. Mehr über ihn und seine Familie weiß ich allerdings auch nicht.«

»Gut, ich werde mich vorher telefonisch anmelden. Ob er überhaupt schon vom Tod seiner Tochter Kenntnis hat?«

»Wahrscheinlich nicht, Jerry. Die Behörden arbeiten langsam. Deshalb soll er es in einem persönlichen Gespräch erfahren und nicht durch ein Formular.« Mr. High blickte sekundenlang zu den Fenstern, an denen der Regen herunterrann. »Damit wäre der Fall für uns erledigt«, meinte er dann.

Er konnte nicht wissen, daß wir erst am Anfang standen.

*

Zunächst rief ich bei Peers zu Hause an. Ein Mann, wahrscheinlich der Butler, sagte mir, Mr. Peers befinde sich im Werk. Ich machte den zweiten Anruf dort und ließ mir sein Vorzimmer geben. Eine forsch klingende Frau gab mir einen Termin in einer Stunde, nachdem ich ihr gesagt hatte, ich müsse ihren Chef in einer dringenden Angelegenheit persönlich sprechen.

Das war vor etwa 50 Minuten gewesen. Nun bog ich im Süden von Brooklyn vom Shore Parkway ab und fuhr die Rampe zur 50th Bay Street hinunter. Rechts lag in diesem Regengrau das Wasser der Gravesend Bay. Auf der anderen Seite erstreckte sich das unübersehbare Häusermeer von Brooklyn und dahinter das von Queens.

Die Hauptniederlassung der Benson Pharma entpuppte sich als ein ziemlich großer Betrieb. Neben älteren Fabrikationsgebäuden gab es mehrere neu erbaute Trakte. Das Areal war von einem hohen Maschendrahtzaun umgeben.

Ich stellte den Jaguar auf dem Firmenparkplatz ab, ließ mir den obligaten Besucherzettel geben, und ein uniformierter Werkschutzmann beschrieb mir den Weg zur Chefetage.

Im Vorzimmer des obersten Direktors saßen zwei seriös aussehende Sekretärinnen. Mit der älteren von ihnen hatte ich gesprochen. Laut einem Namensschild hieß sie Mrs. Dove. Ich zeigte ihr meine ID-Card.

»Worum handelt es sich, Mr. Cotton? Sie sprachen von einer persönlichen Angelegenheit.«

»Kennen Sie Mr. Pees' Tochter Joan?«

»Geht es um sie?« Die Miene der Sekretärin verdüsterte sich. »Ein trauriger Fall, soweit ich unterrichtet bin. Es muß etwas Ernstes sein, wenn sich ein FBI-Agent herbemüht.«

»Sie ist tot«, sagte ich. »Wird es dem Vater sehr nahegehen? Ich wäre Ihnen dankbar, wenn Sie mich ein wenig ins Bild setzen könnten.«

»Joan ist, ich meine, sie war die einzige Tochter. Seit mehreren Jahren war sie rauschgiftsüchtig. Zuletzt hatte Mr. Peers keine Verbindung mehr mit ihr.«

»Und die Mutter?«

»Mr. Peers ist seit langem geschieden, Mr. Cotton. Ich glaube nicht, daß sich die Mutter in letzter Zeit für das Schicksal der Tochter interessiert hat.« Die Sekretärin machte eine kleine Pause. »Wie ist es geschehen?«

»Selbstmord«, sagte ich, »gestern abend. Ich war dabei. Deshalb möchte ich dem Vater die Nachricht selber überbringen.«

»Er wird es gefaßt aufnehmen«, versicherte die Sekretärin. »Sie brauchen in dieser Hinsicht nichts zu befürchten, ich meine, daß er zusammenbricht. Mr. Peers ist sehr diszipliniert. Ich werde Sie jetzt anmelden.« Sie drückte eine Taste auf dem Paneel der Sprechanlage auf ihrem Schreibtisch. »Sir, Mr. Cotton vom FBI ist da.«

»Bitten Sie ihn herein!«

Die Stimme klang ruhig und sachlich. Ich machte die ledergepolsterte Tür auf und betrat das Chefbüro. William Peers begrüßte mich und bot mir Platz an. Er war Ende Vierzig, dunkelhaarig mit kurzem Haarschnitt, leicht untersetzt und hatte ein offen wirkendes energisches Gesicht. Fragend blickte er mich an.

»Ich komme aus einem traurigen Anlaß, Sir«, sagte ich. »Es betrifft Ihre Tochter Joan. Mrs. Dove hat mir bereits einige Anhaltspunkte gegeben«, fügte ich an.

»Ist sie in Schwierigkeiten?« Peers wirkte ehrlich besorgt.

»Nicht mehr, Mr. Peers, sie ist leider gestern gestorben«, sagte ich so schonend wie möglich.

Mein Gegenüber antwortete nicht sofort. Er senkte den Blick und verharrte einige Sekunden. Dann sah er mich an.

»Wie ist es geschehen? War sie krank? Ist sie verunglückt?«

»Sie wissen um ihre Rauschgiftsucht?«

»Nur zu gut, Mr. Cotton. Ich will Ihre Zeit nicht ungebührend in Anspruch nehmen. Nur soviel sei gesagt, ich habe mit diesem unglücklichen Kind viel mitgemacht, sehr viel. Aber wie ist sie gestorben?«

»Sie hat es selber hinter sich gebracht, gestern abend gegen acht Uhr.« Ich berichtete, wie die Dinge vor sich gegangen waren. Wörtlich übermittelte ich die letzte Botschaft der Toten. »Sie war ganz ruhig und hat wirklich nicht gelitten«, setzte ich hinzu.

»Körperlich nicht«, sagte Peers düster.

Ich verstand ihn. Er dachte daran, was Joan durchgemacht haben mußte, ehe sie ihren Entschluß faßte. Mit 19 stirbt es sich nicht eben leicht.

Wir schwiegen eine Weile. Gedämpft drangen Geräusche in das Chefbüro. Dann summte das Telefon. Peers reagierte erst nach einiger Zeit. Er nahm ab und horchte.

»Nein, Doktor Conway«, sagte er dann, »kommen Sie

später! Ich habe eine wichtige Besprechung.« Er legte auf.

Es war das erste Mal, daß ich den Namen von Tricia Conway hörte. Noch wußte ich nicht, welche wichtige Rolle sie in dem Fall spiele. Ich bewahrte teilnahmsvolles Schweigen.

Schließlich begann William Peers zu reden. Er erzählte von seiner einzigen Tochter, die jetzt tot war. Ich fühlte, daß es ihm Erleichterung brachte.

»Wenn man von rauschgiftsüchtigen Kindern liest oder hört, sagt man sich immer, das kann bei deiner Tochter nicht passieren. Joan war unser einziges Kind, Mr. Cotton. Wir sind seit Jahren geschieden. Ich weiß wirklich nicht, weshalb Joan mit den Drogen begann.«

»Vielleicht eine entsprechende Veranlagung und dann ein Zusammentreffen mehrerer unglücklicher Umstände«, sagte ich. »Die Experten streiten sich über die Voraussetzungen zum Einstieg.«

»Vielleicht ist es unsere Scheidung gewesen. Ich weiß es nicht. Jedenfalls bemerkte ich erst etwas davon, als Joan bereits heroinsüchtig war. Natürlich brachten wir sie zu einer Entziehungskur. Sie war in der Klinik mit dem besten Ruf. Dort gab es keine Probleme.«

Er brach ab und machte eine Geste der Hilflosigkeit.

»Die körperliche Entgiftung ist das wenigste, solange keine bleibenden Gesundheitsschäden vorliegen«, half ich ihm. Es war klar, worauf er hinauswollte.

»Danach war sie in Behandlung bei Doktor Wolkins«, sagte Peers. »Aber auch er schaffte es nicht, sie vor einem Rückfall zu bewahren.«

Was er weiter berichtete, hatte ich im wesentlichen schon oft gehört. Rückfall, neue Entziehungskur, nun schon körperliche Schäden, wieder ein Rückfall. Das Ende des persönlichen Dramas von Joan Peers hatte ich gestern abend hautnah miterlebt.

»Weshalb tut die Welt nichts dagegen, Mr. Cotton?«

Peers war am Ende. Fast flehentlich blickte er mich an. »Der internationale Rauschgifthandel bedeutet jedes Jahr den langsamen Tod für zahllose junge Menschen in vielen Ländern der Erde. Jeder Dealer ist für mich ein indirekter Mörder, die großen Bosse sind Massenmörder.«

»Wir tun, was wir können«, sagte ich. Es klang banal, ich wußte es. Aber was hätte ich sonst sagen sollen? »Die seelische Abhängigkeit bleibt auch nach Entziehungskuren in einem gewissen Maß bestehen«, fuhr ich nach einer Pause fort. »Hier scheint mir das eigentliche Problem zu liegen.«

»Das stimmt genau, Mr. Cotton, und hier muß man bei der Forschung ansetzen.« Peers sagte es, als habe er neuen Mut gefaßt. »Ich war mir schon lange darüber klar, noch ehe«, er stockte, »das mit Joan passiert ist.«

»Halten Sie das Problem überhaupt für lösbar?« fragte ich, froh, ihn aus seiner düsteren Stimmung gerissen zu haben. »Bekanntlich ist es am Anfang nicht die Droge, sondern die latente Bereitschaft, sie zu nehmen. Diese besteht auch nach Entziehungskuren zumindest teilweise und führt zu den so häufigen Rückfällen.«

»Man muß bei der Entgiftung gleichzeitig die Psyche des Patienten positiv beeinflussen.« Peers nickte. »Deshalb ist die Sache so unendlich schwer. Die Psyche eines Menschen ist ja kein Organ wie eine Leber oder eine Niere, das man mit einer verhältnismaßig einfachen chemischen Verbindung kurieren kann. Sie ist unglaublich vielgestaltig und noch nicht einmal bis in den letzten Winkel erforscht.«

»Trotzdem sollte man hier ansetzen«, sagte ich. »Den Drogenhandel völlig zu unterbinden, weltweit noch dazu, halte ich auf absehbare Zeit für unmöglich.«

»Genau das denke ich auch, Mr. Cotton. Da sollte keine Anstrengung gescheut werden.« Er schwieg. Für einige Augenblicke sah es so aus, als wolle er noch mehr sagen. »Ich danke Ihnen sehr.« Er wechselte das Thema.

»Sie haben alles getan, um meine unglückliche Tochter zu retten. Nun, möglicherweise war es so besser für sie.«

Wir unterhielten uns noch einige Minuten. Dann geleitete er mich zur Tür. Wir verabschiedeten uns.

Ich verließ das Direktionsgebäude und ging über den weiten Hof, der es von den Fabrikationsanlagen trennte. Immer wieder fuhr einer der grün und weiß lackierten Kastenwagen der Benson Pharma an mir vorüber und stoppte vor dem Haupttor. Ich kannte die Fahrzeuge aus dem Straßenbild der Hudsonmetropole. Sie beförderten die Arnzeimittel zu den Grossisten.

Am Tor bemerkte ich, daß ich vergessen hatte, meinen Besucherzettel von Mrs. Dove unterschreiben zu lassen. Der uniformierte Pförtner machte zuerst Schwierigkeiten. Er wollte, daß ich zurückginge und den Zettel abzeichnen ließe.

»Ich habe meine Vorschriften, Sir. Wenn ich sie verletze, werde ich gefeuert. Das kann ich mir in meinem vorgerückten Alter nicht mehr leisten.«

»Sehe ich ein, aber genügt vielleicht das hier?« Ich zeigte ihm die ID-Card. »Es war ein dienstlicher Besuch.«

»Ah, Sie sind von FBI, Sir. Okay, das genügt. Gehen Sie ruhig durch!«

Der Wächter winkte mir, das Tor zu passieren. Dann wandte er sich dem Fahrer eines Lieferwagens zu, der neben uns gestoppt hatte. Er prüfte flüchtig dessen Lieferscheine.

»Okay, Hall, du kannst losfahren. Ist wohl wieder eilig, wie?«

»Kann man wohl sagen.«

Der Lieferwagenfahrer, ein unauffälliger Mann von etwa 30 Jahren, zog den Kopf ins Fahrerhaus zurück. Er mußte die kleine Szene zwischen mir und dem Wächter verfolgt haben. Als er an mir vorbeifuhr, drehte er sich halb nach mir um. Dabei bemerkte ich eine Zahnlücke oben rechts. Ein Schneidezahn fehlte. Der Mann hatte wohl noch nie einen FBI-Agenten aus der Nähe gesehen.

*

Jack Hall steuerte seinen mittelgroßen Lieferwagen zur Südspitze Manhattans. Die Ladung von verschiedenartigen Medikamenten war für eine Großhandlung nahe dem Tompkins Square bestimmt. Allerdings nicht die ganze Ladung. Aber das gehörte für Hall bereits zur Routine. Es hatte bisher keinen einzigen Fehler gegeben.

In der Lower East Side begann er kreuz und quer zu fahren. Er nahm eine Abzweigung rechts, die nächste links, bog dann wieder rechts ab, stoppte, blieb zwei Minuten stehen, wendete und begann das Spiel von neuem. Die klassischen Manöver, einen etwaigen Beschatter festzustellen und gegebenenfalls abzuhängen, waren ihm seit langem geläufig. Man hatte sie ihm regelrecht beigebracht.

Etwas später bemerkte er im Rückspiegel einen Motorradfahrer hinter sich. Der Mann fuhr eine schwere Suzuki, war durch Kombination und Integralhelm unkenntlich und folgte dem Lieferwagen. An einer der nächsten Kreuzungen, wo Hall vor dem roten Licht stoppen mußte, kam er links neben das Fahrzeug der Benson Pharma. Er und Hall verständigten sich durch ein kaum merkliches Kopfnicken. Dann nahm der Motorradfahrer seine Position hinter dem Lieferwagen wieder ein.

Hall kannte den Mann. Er war beauftragt festzustellen, ob Halls Fahrzeug beschattet wurde. Nach etwa einer Viertelstunde blinkte er kurz mit dem Scheinwerfer. Das bedeutete: *Die Luft ist rein*.

Hall gab durch dreimaliges Antippen der Bremse mit den Stoplichtern das Zeichen: *Verstanden*. Dann fuhr er auf einen Parkplatz am Hamilton Fish Park.

Dort warteten bereits zwei Männer mit einem grau gestrichenen anderen Lieferwagen. Als Hall erschien, fuhren sie los. Hall folgte ihnen. Sie kamen zu einer Nebenstraße, kurvten in eine Hofeinfahrt und von dort in eine Garage. Sofort danach schloß ein Mann die Tore.

Hall stieg aus. Er nickte den anderen zu.

»Hast du alles?« wollte einer von ihnen wissen.

»Klar, alles, was Farnsworth mit euch abgesprochen hat.« Er ging um seinen Wagen herum, schloß die hintere Tür auf und öffnete sie. »Machen wir schnell! Ich hab's eilig. Die Rumkurverei nimmt ganz schön Zeit weg.«

»Sicher ist sicher«, stellte der andere fest. Er holte einen Zettel aus der Brieftasche und winkte den beiden anderen. »Los, runter mit der Ware!«

Hall holte mehrere Kartons aus seinem Wagen. Die anderen nahmen sie in Empfang und luden sie in das graue Fahrzeug. Der mit der Liste prüfte jeden einzelnen.

Es handelte sich um reguläre Medikamente, ausnahmslos rezeptpflichtig. Sie waren für den illegalen Drogenmarkt bestimmt und wurden dort zu horrenden Überpreisen gehandelt. Die Süchtigen kannten eine ganze Latte von Mitteln, die anstelle oder zusammen mit Rauschgift genommen oder gespritzt werden konnten. Die Medikamente dienten dazu, einen dem Drogenrausch ähnlichen Zustand herbeizuführen oder die Wirkung der klassischen Rauschgifte wie Heroin oder anderer Opiate zu verstärken. Der Erfindungsreichtum der Süchtigen auf diesem Gebiet ist erstaunlich. Es gab kaum ein Arzneimittel, das sie nicht schon auf einschlägige Verwendbarkeit getestet hatten.

»Okay«, sagte der mit der Liste, »es war alles da. Du kannst abrauschen. Gibt's was Besonderes in eurem Laden? Farnsworth hat so was angedeutet, wollte aber am Telefon nicht deutlicher werden. Er sagte, du wüßtest Näheres. Klingt ja mächtig geheimnisvoll.«

»Die basteln bei uns an was ganz Neuem«, sagte Hall. »Soviel durchgesichert ist, soll es sich um ein Mittel handeln, das bei Süchtigen die Rückfallneigung vermindern oder beseitigen kann.«

»Aber das geht doch gar nicht«, meinte einer der beiden anderen und grinste. »Stellt euch vor, man gibt 'nem Fixer 'ne Spritze und er ist sein Problem mit dem Stoff ein für allemal los. Wo käme da unser Geschäft hin?«

»Von denen, die Entziehungskuren machen, werden mindestens 80 Prozenzt früher oder später wieder süchtig«, bekräftigte der dritte. »Hast du dich da auch nicht getäuscht?«

»Nein, man sagt, sie arbeiten wirklich dran«, erwiderte Hall. »Sie haben ein Sonderlabor eingerichtet. Es wird besonders bewacht. Die Mitarbeiter wurden in der Firma unter den besten Laboranten und Wissenschaftlern ausgesucht.«

»Wenn das stimmt, müssen sie eine Erfolgschance sehen«, überlegte der mit der Liste laut. »Ein Laden wie die Benson Pharma jagt keinem Hirngespinst nach. Bevor man dort viel Geld in Forschungen steckt, wird das jeweilige Projekt theoretisch durchgeprüft.« Er wandte sich an Hall. »Ich geb' die Sache weiter.«

Einige Minuten später befand sich der Auslieferungsfahrer auf seiner regulären Tour. In seiner Brieftasche knisterten Dollarscheine. Für jede Fahrt bekam er 200 Bucks. Jede Woche einmal. Das besserte seinen Lohn ganz schön auf. Es kümmerte ihn nicht, daß er damit zu Verelendung und Tod vieler meist junger Menschen beitrug. Wer das Zeug nimmt, ist selber schuld, dachte er. Jeder muß zusehen, wo er in diesem harten Leben bleibt.

*

»Du sollst den Chef anrufen«, empfing mich Phil, als ich im Office unser gemeinsames Büro betrat. Er sah von einer Akte auf. »War es schlimm?«

Mein Kollege meinte den Besuch bei William Peers. Er

war mir tatsächlich nahegegangen, obgleich Joans Vater eine gute Haltung gezeigt hatte. Vielleicht eben deshalb. Der tragische Tod der 19jährigen hatte mir das brennende Drogenproblem in New York wieder einmal mit bestürzenden Klarheit vor Augen geführt.

»Schlimm nicht, aber beeindruckend.« Ich sah routinemäßig den Eingangskorb auf meinem Schreibtisch nach Sachen mit dem roten Stempel *Dringend* durch. Es waren keine da. »Was will der Chef?«

»Uns deinen Rauschgiftfall aufhalsen, wenn mich nicht alles täuscht. Der Dealer, dieser Adams, hat ein kleines Liedchen angestimmt.«

»Was hat er rausgelassen?«

Ich fragte mit mehr Interesse als überlicherweise, wenn man mit der Aufklärung eines neuen Routinefalles betraut wird. Mag sein, daß ich Joans Gesicht in den letzten Augenblicken ihres Lebens nicht vergessen konnte: Abgesehen davon reichte jeder Fall von Rauschgifthandel in unsere Zuständigkeit, da es sich hierbei letztlich um Bandenverbrechen handelte.

»Woher er seine Ware bezieht. Vermutlich sollen wir dort mal vorbeisehen«, kündigte Phil in seiner trockenen Art eine Wohnungsdurchsuchung an. »Aber laß den Chef nicht warten!«

Ich machte den Anruf. Phil behielt recht. Mr. High gab mir und meinem Freund den Auftrag, die Spur weiterzuverfolgen. Wir hatten vor wenigen Tagen eine gefährliche und anstrengende Sache abgeschlossen, und der Chef wollte uns bei einer leichten Routineangelegenheit etwas Erholung gönnen, wie er sagte. Mr. High besitzt seine eigene Art von Humor. Diesmal meinte er es sogar ernst.

»Nach der Tabmansache will ich Sie beide nicht gleich wieder groß reinschicken, Jerry«, meinte er. »An sich könnte auch die Narcotic Squad der City Police sich des Falles annehmen. Aber Sie kennen die bissigen Kommentare gewisser Zeitungen in den letzten Wochen.«

»Sie meinen die Angriffe auf den FBI, er vernachlässige die Arbeit an der Basis und beschränke sich auf spektakuläre Fälle.«

»Genau das, Jerry. Deshalb werden Sie und Phil hier einhaken. Der Dealer, den Sie gestern erwischten, hat Aussagen gemacht. Er nannte seinen Lieferanten. Besuchen Sie den mal!«

»So mal eben im Vorbeigehen oder mit allen Schikanen, Sir?«

»Das liegt ganz bei Ihnen. Ein Durchsuchungsbefehl für die Wohnung ist jedenfalls vorhanden.«

»Heute noch?« erkundigte ich mich.

»Heute noch«, sagte Mr. High. In seiner Stimme lag eine gewisse Bitterkeit. Rauschgifthändler mochte er auch nicht.

*

Gegen acht Uhr abends standen wir vor dem Haus in der West 88th Street in Manhattan. Hier, in der sogenannten West Side, standen guterhaltene frühere Bürgerhäuser. Adams hatte einen gewissen Jack Dotzman als seinen Lieferanten angegeben. Rasch vorgenommene Recherchen im Computerarchiv waren ergebnislos geblieben. Dotzman schien ein unbeschriebenes Blatt zu sein, jedenfalls in New York.

»Können wir Adams schonen?« fragte Phil, als wir uns dem Haus näherten. Es war vierstöckig, sah guterhalten aus und war in allen vier Stockwerken erleuchtet.

»Wir haben einen Durchsuchungsbefehl und brauchen deshalb keine Begründung zu geben«, überlegte ich laut. »Wenn wir den Namen des Dealers nennen, bringen wir ihn in Gefahr.«

»Auch im Knast ist er dann nicht sicher«, bestätigte mein Kollege. Dies Problem taucht leider häufig auf. Falls man einen Gefangenen nicht besonders abschirmt, in Einzelhaft hält und besonders bewacht, kann ihn der Arm des organisierten Verbrechens auch hinter Gefängnismauern erreichen.

»Sehen wir uns erst mal um«, sagte ich. »So ganz ohne Aufhänger wäre unser Erscheinen nur halb so wirksam. Vielleicht finden wir einen.«

»Oder der Zufall kommt uns zu Hilfe«, meinte Phil. »Sehen wir uns den Hof an!«

Viele dieser noch vor der Jahrhundertwende entstandenen Häuser besitzen ein Hintergebäude. Dort hatte das Personal für die Mieter der vorderen Wohnungen seine Bleibe gehabt.

Heute stehen dort die Mülltonnen.

Wir gingen durch die Einfahrt in den unbeleuchteten Hof. Ich knipste die Taschenlampe an. Ihr Lichtkreis wanderte über die vollen Mülltonnen, scheuchte Ratten auf und holte daneben noch einige Abfallhaufen aus der Dunkelheit.

Ich bemerkte einen Haufen leerer Kartons und auf mehreren den Firmenaufdruck der Benson Pharma. Wäre ich nicht heute dort gewesen, es wäre mir überhaupt nicht aufgefallen.

Sonst standen nur noch drei mehr oder weniger ausgeschlachtete Autowracks auf dem Hof.

»Dein berühmter Zufall scheint auszubleiben«, sagte ich halblaut zu Phil.

»Abwarten«, gab er zurück.

Die Einfahrt zur Straße wurde hell. Ein Wagen fuhr herein. Es war ein lackglänzender schwarzer Camaro der Luxusausführung. Er paßte nicht hierher.

Wir stellen uns hinter ein Autowrack und beobachteten. Der Camaro stoppte. Die Scheinwerfer wurden ausgeschaltet. Dann stieß jemand die rechte Tür auf. Gleichzeitig ging die Innenbeleuchtung an. Ein Mann stieg vom Beifahrersitz aus, klappte die Sitzlehne nach vorn und packte eine Frau, die zusammengesunken auf den Hintersitzen mehr lag als saß. Unsanft zerrte er sie aus dem Auto.

»Ein Liebespärchen scheint das nicht zu sein«, flüsterte Phil.

Er hatte recht. Der Mann war noch jung und trug einen Trenchcoat. Er stieß die Frau vor sich her zur Rückseite des Vorderhauses. Der Fahrer schaltete das Licht wieder ein, stieß zurück und fuhr hinaus auf die Straße. In dem nun fast völlig finsteren Hof wurde es jetzt laut. Die Frau schrie in plötzlicher Erregung los.

»Ich geh' nicht mehr zu diesem perversen Kerl! Laß mich los, du mieser Laufbursche, ich will weg! Hast du das begriffen?«

»Halt den Rand, oder es setzt wieder Hiebe«, hörten wir den Mann wütend hervorstoßen. Geräusche folgten. Es hörte sich wie ein Ringkampf an. Es gab einen dumpfen Ton. Der Mann schrie schmerzlich auf. Dann klatschen Schläge.

Ehe wir eingreifen konnten, waren sie verschwunden.

Ein Lichtschein aus einer Tür wies uns den Weg. Der Mann hatte die Frau durch eine Hintertür ins Treppenhaus des Vordergebäudes gezerrt. Sie wehrte sich immer noch, versuchte sich loszureißen, kratzte, biß und trat. Der Mann, etwa Mitte 20 mit dunklem gelocktem Haar, war ihr allerdings überlegen. Sie traf ihn kaum. Dafür schrie sie, daß es in dem nur matt erhellten Treppenhaus hallte.

»Ihr Lumpen sollt alle krepieren! Erst macht ihr einen süchtig, dann muß ich für euch auf den Strich gehen!«

Wir waren den beiden unbemerkt gefolgt. Sie waren ungefähr einen halben Treppenabsatz über uns. Das Geschrei der jungen blonden Frau übertönte unsere leisen Schritte.

»So wirst du Jack besonders gut gefallen«, gab der Mann verbissen zurück. Er hatte Mühe, die Blonde festzuhalten. »Los, vorwärts, oder ich breche dir die Knochen.«

In diesem Stil ging es weiter. Dann verschwanden die beiden in der Wohnung der 4. Etage. Die schwere Tür flog mit lautem Krach ins Schloß. Das Geschrei der Frau war nur noch wie ein fernes Windsgeheul zu vernehmen.

»Tatsächlich bei Dotzmann«, stellte Phil fest.

Er folgte mir weiter nach oben. Bald standen wir vor der Tür aus solidem alten Eichenholz. Ich legte das Ohr dagegen und horchte angestrengt. Ich vernahm ein Klirren. Gleich danach schrie die Frau schrill auf.

Mit einem Kopfnicken verständigten wir uns. Dann drückte ich den Klingelknopf. Drinnen erklang ein melodischer Gong. Ich stellte mich direkt vor die Tür, Phil zwei Schritte zur Seite, so daß er nicht sofort gesehen werden konnte.

Bald danach wurde die Tür einen Spalt weit geöffnet. Ein Mann mittleren Alters blicke mich mißtrauisch an.

»Was wollen Sie?«

»FBI, Special Agent Cotton, ich möchte Mr. Jack Dotzman sprechen.« Gleichzeitig hielt ich ihm meine ID-Card vor die Nase.

Der Mann stutzte. Dann wollte er die Tür zuwerfen. Ich hatte jedoch meinen Fuß dazwischengestellt. Als jetzt der Mann das Bein hob und mit dem Absatz nach meinen Zehen trat, mußte ich ihn blitzschnell zurückziehen. Die Tür wummerte ins Schloß.

»Willst du noch mal läuten oder sollen wir es gleich auf die harte Tour machen?« erkundigte sich mein Freund ruhig.

»Die Palme«, sagte ich und deutete auf eine mannshohe Zierpalme auf dem Treppenabsatz.

Wir holten uns das zentnerschwere Ding. Die Griffe am Kübel, in dem sie wuchs, waren glücklicherweise fest. Vor der Tür nahmen wir Anlauf, hoben den Kübel im letzten Moment an und ließen ihn ihn Schloßhöhe gegen die Tür krachen.

Das hielt das Schloß nicht aus. Es brach aus dem Holz. Die Tür flog auf und krachte gegen die Mauer.

Gleich danach knallte es drinnen mehrmals. Es waren Schüsse. Die Kugeln stanzten Löcher in den zweiten Türflügel. Wir warfen uns zu beiden Seiten hinter die Türpfosten in Deckung. Automatisch zogen wir die Waffen.

»Alle Wetter, die kommen schnell zur Sache«, stieß mein Kollege hervor.

»Wenigstens gibt es keine Unklarheiten«, gab ich zurück.

Vorsichtig schob ich den Kopf vor. Eine Diele mit anschließendem Korridor lag leer vor mir. Der Schütze hatte sich in eins der Zimmer verdrückt.

Ich wechselte einen Blick mit Phil. Er nickte und hob leicht die Hand mit der Waffe. Das bedeutete, er würde mir Feuerschutz geben.

Mit einem Sprung war ich hoch, rannte in die Diele und nahm hinter einem großen Sessel Deckung. Mein Freund kam nach. Wir horchten. Irgendwo weiter hinten in der großen Wohnung ertönten unbestimmte Geräusche. Dazwischen wimmerte eine Frau.

Nach einer halben Minute fingen wir an, mit schußbereiten Revolvern Zimmer um Zimmer zu untersuchen. Wir fanden die Frau aus dem Camaro. Sie war mißhandelt worden, lag zusammengekrümmt auf einer Coach und blutete aus aufgeschlagenen Lippen. Im Moment war nichts aus ihr herauszubekommen.

»Schock«, konstatierte Phil. »Aber wo sind die beiden Kerle?« Wir hatten die ganze Wohnung durchsucht, aber von den beiden keine Spuren gefunden. Den jungen Mann mit dem Trenchcoat und den Schützen hatten wir gesehen. Möglicherweise waren noch weitere Bewohner dagewesen. Denn wir wußten nicht, wie Jack Dotzmann, auf dessen Namen die Wohnung lautete, wirklich aussah.

»Kümmere dich um die Frau!« sagte ich. »Den Rest besorge ich. Schließlich ist sie eine wichtige Zeugin.«

»Okay, Jerry. Wenn du die verschwundenen Gangster finden solltest, laß von dir hören!«

Ich suchte nach dem Fluchtweg. Es mußte einen geben. Zuerst dachte ich an eine Feuerleiter, aber es war keine vorhanden. Seile, an denen sich die Gangster hinabgelassen haben konnten, entdeckte ich auch nicht.

Da es hier zwischen den einzelnen Häusern keinen Zwischenraum gab, kam ein getarnter Durchschlupf in eins der beiden Nebenhäuser in Frage. Also sah ich mir die nach diesen Seiten zu liegenden Zimmer genau an. Nach einigen Minuten fand ich den Fluchtweg. In einem großen Kleiderschrank befand sich eine verschiebbare Rückwand. Dahinter öffnete sich ein Mauerdurchbruch.

Nachdem ich mich vergewissert hatte, daß das angrenzende Zimmer leer war, trat ich hindurch. Ich befand mich im Nachbargebäude. Die Wohnung war unmöbliert. Fußspuren auf dem staubigen Boden sprachen eine deutliche Sprache. Die Männer waren entkommen.

Ich ging zu Phil zurück. Er hatte inzwischen die zitternde Frau so weit beruhigt, daß sie Fragen beantwortete.

»Wie viele Männer waren hier?« wollte ich wissen.

»Drei, Dotzman, dieser Dreckskerl, sein Laufbursche Brolli und Buck. Der führt den Haushalt.«

Wir bekamen schnell heraus, daß dieses männliche Hausmädchen auch auf uns geschossen hatte. Dotzman selbst hatten wir gar nicht zu Gesicht bekommen.

»Wenn er die hübsche Wohnung so Knall und Fall aufgibt und abhaut, muß er Grund dazu haben«, sagte ich. »Da anscheinend bisher nichts gegen ihn vorlag, dürfte sich der Grund hier in der Wohnung befinden.«

»Wollen Sie hierbleiben, Miß, bis wir fertig sind?« erkundigte sich Phil. »Ich denke, Sie haben einiges auszusagen.«

»Laßt mich da raus, bitte!« Die etwa 30jährige Blonde schüttelte den Kopf. »Mir ist ja nichts passiert. Wenn ich auspacke, könntet ihr mich bald aus dem Hudson fischen, falls meine Leiche überhaupt noch mal auftaucht.« Sie drückte ein blutbeflecktes Taschentuch gegen die aufgeschlagene Lippe. Dabei glitt der weite Ärmel ihres leichten Kleides zurück. Ich sah das Getüpfel der vernarbten Einstichstellen in der Armbeuge.

»Sie brauchen eine Entziehungskur«, sagte Phil. »Außerdem benötigen wir Ihre Aussage. Wie sollen wir gegen diese Gangster vorgehen, wenn sich keine Zeugen finden?«

»Dafür braucht ihr harte Typen, die etwas durchstehen können, die einen finanziellen Rückhalt haben. Im Milieu fügt man sich, oder man macht besser gleich Schluß.« Die Blonde, die einmal recht hübsch gewesen sein mußte, fing wieder an zu zittern. »Wenn ich weiterleben will, und das möchte ich noch, muß ich den Mund halten.«

»Wollen wir noch mal darüber reden?« versuchte ich es nun selber. »Ruhen Sie sich erst mal aus! Vielleicht sehen Sie die Sache dann anders.«

»Okay, G-man.« Sie hob müde die Schultern. »Laßt euch nicht aufhalten!«

Wir fingen an, die Wohnung auf den Kopf zu stellen. Der Durchsuchungsbefehl gab uns das Recht dazu. Zunächst fanden wir nichts, das nach Stoff aussah. Die Blonde war jedoch sicher, es müsse welcher vorhanden sein.

Sie folgte uns in verhaltener Erregung von Zimmer zu Zimmer.

»Kennen Sie die Wohnung?« fragte Phil. »Waren Sie schon öfter hier oben?«

»Ein paarmal. Aber hier bin ich nie gewesen.« Sie

machte eine vage Bewegung zu der geräumigen Küche, in der wir uns im Augenblick befanden.

»Wenn sich hier die Dealer ihre fertigen Portionen abholten, wird der Stoff auch hier abgepackt worden sein«, überlegte Phil laut.

»Wahrscheinlich ist das Zeug hier auch zum letzten Mal gestreckt worden«, ergänzte ich. »Es muß einen eigenen Raum dafür geben.«

»Klar, die bauen doch nicht jedes Mal den ganzen Kram erst auf und räumen ihn hinterher wieder weg.« Phil ließ den Blick durch die altmodisch eingerichtete Küche schweifen. Da waren ein mächtiger Herd, eine Hälfte von ihm noch für Kohlefeuerung, ein mannshoher altmodischer Kühlschrank mit zwei Türen, ein Büffet wie aus Großmutters Zeiten und ein riesiges Spülbecken.

»Vielleicht gibt es einen Zugang vom Schlafzimmer her«, vermutete die Blonde. »Ich habe da mal seltsame Geräusche gehört.«

»Sehen wir nach!« sagte ich.

Wir verließen die Küche und nahmen uns das Schlafzimmer vor. Sorgfältig klopften wir die Wände ab. Dann untersuchten wir den breiten Kleiderschrank. Außer einer teuren Garderobe und ebensolchen Schuhen entdeckten wir jedoch nichts.

»Fehlanzeige, Jerry.« Phil blickte sich um. »Wo ist denn unsere Schöne der Nacht?«

Tatsächlich fiel auch mir jetzt erst die Abwesenheit der Blonden auf. Heute weiß ich, daß sie uns absichtlich eine falsche Spur wies.

Wir gingen in die Küche zurück. Beide Türen des Kühlschranks standen offen. Hinter der einen fiel Licht aus einem schmalen Durchschlupf. Dahinter lag eine erleuchtete Kammer.

»Verdammt gut getarnt«. Phil pfiff durch die Zähne. Er machte die andere Kühlschranktür auf. Sie gab ein normales Kühlabteil mit verschiedenen Lebensmitteln und

Getränken frei. »Wer denkt schon an einen Eisschrank als Durchgangsschleuse?«

Mir war klar, weshalb die Blonde uns ins Schlafzimmer gelotst hatte. Sie mußte die Kammer gekannt haben. Nach Dotzmans und seiner Komplizen überstürzter Flucht war die Gelegenheit für sie günstig gewesen, sich mit Stoff einzudecken. Natürlich hatte sie sich inzwischen verdrückt.

Ich stürzte ins Treppenhaus, aber es war nichts zu hören. Die Blonde mußte sich höllisch beeilt haben.

Meinen Kollegen traf ich in der geheimen Kammer an. Sie enthielt alles, was man zum Strecken, Abwiegen und Verpacken pulverförmiger Drogen brauchte. Phil wies auf das herrschende Durcheinander.

»Sie hat schnell alles durchwühlt, Jerry. Und sie hat uns ganz schön auf den Leim geführt mit dem Hinweis auf das Schlafzimmer.«

»Wieviel mag sie mitgenommen haben?«

Ich betrachtete die etwa 50 kleinen Briefchen, die auf dem Boden verstreut lagen. Sie hatten in mehreren Blechschachteln gesteckt, die jetzt geöffnet herumlagen.

»So viel sie in der Eile zusammenraffen konnte«, sagte mein Kollege. »Jedenfalls hat sie einen Vorrat für Wochen. Siehst du einen Sinn darin, eine Fahndung nach ihr rauszugeben?«

»Was wird sie schon aussagen? Sie ist voller Angst vor den Gangstern.«

»Mit Recht, Jerry. Mit solch einem armen Luder machen die doch kurzen Prozeß, wenn es ihnen geboten erscheint. Was sie sagte, war absolut richtig.«

»Miese Zustände«, war mein Kommentar. Erneut kam mir die fast aussichtslose Lage einer Süchtigen zum Bewußtsein. Wir hätten sie festnehmen und in eine Anstalt zur Entziehung einliefern lassen können. Genutzt hätte es nichts. Wer von der Prostitution lebte und außerdem an der Nadel hing, für den gab es kaum ein Zurück.

»Wir können sie nicht ändern«, erwiderte Phil und hob bedauernd die Schultern.

»Falls wir verhindern, daß es noch schlimmer wird, werden wir viel geschafft haben«, sagte ich gegen ein Regal, das ich auszuräumen begann. »Ruf doch bitte die Narcotic Squad der City Police an und sag im Office Bescheid! Hier gibt es einiges auszuwerten.«

»Und mit Dotzman einen mehr auf der Fahndungsliste«, ergänzte Phil. Er kletterte durch den schmalen Durchstieg im Kühlschrank und fluchte, weil er sich den Kopf dabei anstieß.

*

Flora Dobson, das blonde Callgirl, hielt nach ihrer überstürzten Flucht aus dem Haus ein Taxi an. Sie war auf Strümpfen die Treppe hinuntergerannt, um kein Geräusch zu machen. Die Handtasche hatte sie mit den kleinen Heroinbriefchen vollgestopft, eine Handvoll davon noch in den Büstenhalter gesteckt. Jetzt gierte sie nur nach einem Schuß. Dann wollte sie endlich entspannen, fühlen, träumen, schlafen, vergessen. Nur noch vergessen. Das unabwendliche Morgen mit seinen neuen Problemen war in neblige Ferne gerückt.

»Ärger gehabt?« fragte der Taxidriver beiläufig, als er sich nach dem Fahrziel erkundigte. Er meinte die aufgeschlagene Lippe.

»Bin nur hingefallen.«

Flora verspürte keinerlei Lust, sich mit dem Mann zu unterhalten. Sofern es nicht zum Gelderwerb sein mußte, hatte sie von Männern gründlich die Nase voll. Wenn sie dem hier sagte, sie sei geschlagen worden, würde er doch bloß versuchen, als Tröster bei ihr zu landen. Umsonst, verstand sich.

Sie nannte ihre Adresse, steckte sich eine Zigarette an und lehnte sich zurück. Mit geschlossenen Augen zog sie den Rauch ein. Sie wartete auf den Schuß. Bereits seit gut einem Tag. Ihr gewohnter Dealer, Billy Adams, war nicht am Treffpunkt erschienen. Es hieß, er sei geschnappt worden.

In der West 103th Street stieg sie aus, bezahlte und betrat das billige Apartmenthaus. In den knapp hundert Wohnungen der Mietburg hausten die unterschiedlichsten Leute. Eines hatten sie gemeinsam, sie kannten kaum ihre Nachbarn. Wer eine Etage höher oder tiefer wohnte, war ein Fremder.

Apartment 818 lag in der achten Etage. Flora schloß mit zitternden Fingern auf, trat ein und warf die Tür einfach hinter sich zu. Sie eilte sofort in die Küche. Sie schob das schmutzige Geschirr auf dem Tisch mit dem Ellbogen zur Seite, kippte die Handtasche um und suchte das altbekannte Fixerbesteck zusammen. Zwei Minuten später hatte sie die Spritze fertiggemacht.

Nach weiteren 30 Sekunden spürte sie den Flash, die schlagartig einsetzende Wirkung des Opiats. Sie überließ sich dem aufsteigenden wattigen Gefühl. Das schwache Geräusch des aufschnappenden Schlosses an der Apartmenttür entging ihr völlig. Ebenso der Ton des Wiedereinklinkens. Auch die sich leise nähernden Schritte drangen nicht in ihr vernebeltes Bewußtsein.

Etwas in ihr bewog sie dann, die geschlossenen Augen zu öffnen. Sie schrak zusammen, als sie den Mann vor sich stehen sah. Er war Gino Brolli.

Blitzartig signalisierte ihr Instinkt Gefahr. Sie wußte, das Erscheinen des Gangsters bedeutete nichts Gutes. Aber es war, als dächte sie auf zwei Ebenen, als bestehe sie aus zwei verschiedenen Personen. Zudem lähmte das Gift ihre Tatkraft. Sie blieb einfach auf dem Küchenstuhl sitzen und sah den jungen Mann im Trenchchoat an.

»Was hat du den Bullen gesagt?«

Die Frage kam ruhig, fast sachlich. Brollis dunkle Augen stierten Flora an.

»Nichts, kein Wort. Ich bin ihnen entwischt – siehst du doch.«

»Das glaub' ich nicht. Die Schnüffler vom FBI sind nicht blöd. Von 'ner abgetakelten Galopperin wie dir lassen die sich nicht anschwindeln. Was hast du ihnen über uns gesagt?«

Brollis Stimme klang jetzt schärfer. Er ging zur Tür auf den winzigen Balkon vor der Küche. Wie zufällig machte er die Tür auf und kam zurück.

»Verdammt, ich hab' ihnen nichts gesagt. Jemand hat mich abgeholt und zum Arbeiten mit raufgenommen. Das ist doch mein Job, oder? Was weiß ich schon über 'nen x-beliebigen Kunden? Gar nichts, reineweg gar nichts.«

Flora wunderte sich selber über ihre Gleichgültigkeit. Sie nahm die Gefahr nicht wirklich zur Kenntnis.

»Und das da?«

Brolli deutete auf den kleinen Berg von Heroinbriefchen. Sie lagen zwischen Lippenstift, Puderdose, einem Büchschen Lidschatten, einem kleinen Parfümzerstäuber und weiteren Nichtigkeiten. Ein kleines Notizbuch mit Stift, schon etwas abgegriffen, war auch dabei. Der Gangster griff danach und streckte es ein.

»Hat mir der Weihnachtsmann zugesteckt«, sagte Flora mit schwerer Zunge. Sie mußte sich anstrengen, um zusammenhängend zu sprechen. Der Stoff schien eine etwas höhere Konzentration aufzuweisen als das Heroin, das ihr Adams geliefert hatte. So war es auch. Der Dealer pflegte den Stoff seinerseits nochmals zu strecken, um die Menge und damit den Verdienst zu vergrößern.

Brolli sammelte die kleinen weißen Quadrate ein und schob sie in die Manteltasche. Dann verschwand er aus der Küche. Nachdem er das Apartment kurz inspiziert hatte, kam er zurück. Erst jetzt wurde Flora bewußt, daß er die ganze Zeit Handschuhe getragen hatte.

Als er sie packte und hochriß, war sie nicht in der Lage, sich zu wehren. Vielleicht wollte sie es auch gar nicht mehr, oder sie bekam einfach nicht mit, was jetzt geschehen würde.

Im Vorbeigehen schaltete der Gangster mit dem Ellbogen die Deckenleuchte aus. Mit ein paar Schritten hatte er Flora auf dem Balkon. Er stieß den Oberkörper der jungen Frau über die Betonbrüstung, ging schnell in die Hocke, faßte Floras Knöchel und hob ruckartig an.

Der schlaffe Körper bekam das Übergewicht. Sich überschlagend, stürzte er in die Tiefe.

Brolli hörte den dumpfen Aufschlag unten. Eilig packte er alles wieder in die Handtasche der Ermordeten. Dann verließ er das Apartment.

Ruhig ging er den Korridor entlang nach hinten zur Nottreppe. Er konnte so gut wie sicher sein, dort keinem zu begegnen. In einer Stadt der Fahrstühle fiel es keinem Menschen ein, ohne Not eine Treppe zu benutzen.

Brolli stieg bis zur Tiefgarage hinunter und verließ das Apartmenthaus durch die Autoausfahrt. Nur einen kurzen Blick warf er nach rechts. Dort stand eine kleine Gruppe Menschen um etwas herum, das am Boden lag. Einige gestikulierten und deuteten am Haus hinauf. Der Gangster ging ruhig die Straße entlang. Ein Stück weiter betrat er eine Sprechzelle. Die Nummer wußte er auswendig.

»Ich bin's, Gino«, sagte er. »Alles okay, sie wird nichts mehr sagen. Den Stoff habe ich auch wieder.«

»Gut, daß die Schlampe das Maul hält«, knurrte Dotzman am anderen Ende. »Hat dich auch keiner gesehen?«

»Bestimmt nicht«, versetzte Brolli kalt. Niemand hätte ihm angemerkt, daß er vor noch nicht zehn Minuten kaltblütig einen Mord begangen hatte. »Soll ich wegen Billy noch was unternehmen?«

»Für den lasse schon ich selber sorgen. Den Besuch der Bullen verdanken wir ihm.«

»Jede Wette«, bekräftigte Brolli.

»Okay, dann bis morgen«, sagte Dotzman. »Paß auf, daß dich keiner beschattet, wenn du herkommst! Ich will erst mal meine Ruhe haben. Die Überraschung hat mir gelangt.«

»Sicher, sicher. So long.«

Brolli legte auf. Er verachtete Dotzman wegen seiner Nervosität. Man muß die Dinge cool angehen, dachte er, als er die Sprechzelle verließ und weiterging.

Es hatte wieder zu nieseln begonnen. Brolli stellte den Mantelkragen hoch. Er fragte sich, ob Dotzman nach diesem Fehler Schwierigkeiten mit Rico Gettoro bekommen würde. Don Rico leitete die Gettoro-Familie, für die Dotzman ebenso wie er arbeitete.

Rico wird ihn tadeln, gab sich Brolli selbst zur Antwort. Zum Sturz reicht es nicht. Dotzman kann nichts dafür, wenn ein Dealer anfängt zu singen. Aber ein Minuspunkt ist und bleibt es. Beim Geschäft zählt nur der Erfolg.

Brolli nahm sich vor, dafür zu sorgen, daß seine an diesem Abend geleistete gute Arbeit dem Don zu Ohren kommen würde. Er fühlte sich ausgesprochen gut und begann zu pfeifen.

*

Ähnliche Überlegungen stellte allerdings auch Jack Dotzman an. Er wußte, wie Don Rico über Fehler dachte. *Wie ihr es anstellt, ist mir egal, aber macht keine Fehler*! war ein stehender Ausspruch des Oberhaupts der gleichnamigen Familie.

Don Rico würde es als Grund für ernsten Tadel betrachten, wenn man von einem weichen kleinen Dealer beim FBI versungen worden war und Hals über Kopf hatte flüchten müssen. Dotzman beschloß, daß Gettoro den Vorfall von ihm selber erfahren sollte. Geheimhalten ließ er sich ohnehin nicht.

Nach kurzem Überlegen rief Dotzman bei seinem Boß an. Er nahm in Kauf, den Don aus dem Bett zu klingeln. Tatsächlich schlief der mächtige Mann schon. Als er schließlich in die Leitung kam, war er einigermaßen mürrisch.

»Verzeihen Sie, Don Rico, aber es hat Ärger gegeben«, sagte Dotzman. Er bemühte sich, locker zu sprechen, dabei aber beflissen und servil zu erscheinen. »Nicht viel, aber ich wollte den Vorfall Ihnen doch selber melden.« Er wußte, Don Rico legte Wert darauf, immer schnellstens unterrichtet zu werden.

»Geht das am Telefon?« fragte Gettoro knapp.

»Sie haben recht, Sir. Wann paßt Ihnen mein Besuch?«

»Wenn du mich schon aus dem Schlaf gescheucht hast, dann komm gleich raus! Ich werde warten.«

»Ist gut, Don Rico.«

Dotzman legte auf. Er sah der Unterredung mit Unbehagen entgegen, aber besser, der Don erfuhr es von ihm als von irgendwem anderen. Er würde es sowieso brühwarm von Brolli hören, dachte Dotzman, während er sich anzog. Diesem hinterhältigen Streber galt es zuvorzukommen.

Außerdem könnte er die Auswirkungen seines Fehlers bei Gettoro möglicherweise abschwächen. Nämlich durch die fast unglaubliche Neuigkeit, daß bei der Benson Pharma an einem neuartigen Mittel gegen die Rauschgiftsucht schlechthin gearbeitet werde. Dotzman hatte am vergangenen Abend davon erfahren. Ein Medikamentenlieferant, der bei der Benson als Fahrer arbeitete, hatte die Nachricht seinen Verbindungsleuten weitergegeben.

Dotzman fuhr hinüber nach Manhattan. Im Bezirk Greenwich Village lag Gettoros Stadtwohnung. Der Chef der Familie hatte sich ein altes Wohnhaus, das früher einmal einem Bankier gehört hatte, zu einem fürstlichen

Domizil umbauen lassen. Außen war die Jugendstilfassade originaltreu restauriert worden.

Einer der beiden Leibwächter des Don ließ Dotzman ein. Gettoro selbst saß im dunkelblauen seidenen Morgenmantel im halbdunklen Wohnraum. Der 55jährige gedrungende Mann mit dem kräftigen weißen Haar, der großen Nase und dem breiten Mund war ersichtlich ungnädig.

Dotzman berichtete. Er kam sich dabei vor wie bei einer Beichte. Noch bevor Don Rico etwas über den Vorfall gesagt hatte, fügte der Gangster die Sache mit dem Gegenmittel an.

»Was war das?«

Gettoro ließ sich die Nachricht wiederholen. Er war plötzlich hellwach und stark interessiert.

»Ich halte die Nachricht nicht für aus der Luft gegriffen, Don Rico«, betonte Dotzman. »Der Fahrer Hall käme nie auf den Gedanken, so etwas frei zu erfinden. Für eine solche Lüge gäbe es keinen Grund.«

»Scheint mir auch so.« Gettoro schien die Pleite mit dem Dealer vergessen zu haben. Hatte er bis jetzt ein wenig müde und verschlafen gewirkt, so war dies mit einem Schlag von ihm abgefallen. Er stand auf, ging zu einem Tischchen und holte eine Zigarre aus einem sogenannten Humidor, einem kleinen Klimakasten, der sie frisch hielt und vor dem Austrocknen schützte. Beim Griff nach dem Abschneider zögerte er. »Hol die Hölle die Ärzte!« sagte er dann mit einer wegwerfenden Handbewegung und setzte die Dawidoff, eine teure Zigarrenmarke, in Brand. Er kam zu Dotzman zurück und setzte sich.

»Soll ich der Sache nachgehen?« Dotzman gab sich in Haltung und Ton eine Spur unterwürfig. Schließlich hatte er eine Scharte auszuwetzen.

»Wir müssen wissen, ob das tatsächlich zutrifft.« Der Boß blickte dem Rauch der Zigarre nach. »Solange wir keine Gewißheit haben, muß jedes Gerede darüber unterbleiben.« Er wandte sich Dotzman zu. »Das schadet dem Geschäft.« Nach einem weiteren Zug an der Zigarre fragte Gettoro: »Ist dir klar, was ein Erfolg auf diesem Gebiet bedeuten würde?«

»Nun, es gäbe weniger Rückfälle nach Entziehungskuren, Sir. Unser Absatz an Stoff würde zurückgehen.«

»Du denkst nur vordergründig, wie immer.« Gettoro betrachtete angelegentlich die Glut. »Mit einer Verminderung des Heroingeschäfts wäre es nicht getan. Wenn hier ein Durchbruch erzielt würde, hätte das ganz andere Folgen. Unsere Produzenten auf Taiwan, in Mexiko, im Goldenen Dreieck, wo auch immer, würden uns unter Druck setzen, die Herstellung eines solchen Mittels um jeden Preis zu verhindern. Sie würden in New York aktiv werden, falls sie sich einen Vorteil versprächen. Mensch, in dieser Sparte werden Hunderte von Millionen Bucks umgesetzt, jedes Jahr. Tausende von Leuten verdienen daran.«

»Sicher, Don Rico.« Dotzman registrierte mit Erleichterung, wie sehr seine Neuigkeit den Boß beschäftigte. »Damit das Geschäft läuft, brauchen wir die Süchtigen.«

»Wir benötigen diesen Sumpf, in dem die Ware versickert, der nach ihr schreit, ohne sie nicht leben kann«, bekräftigte Gettoro. »Wer versuchen sollte, ihn zu verkleinern oder gar auszutrocknen, rührt an unsere Existenz! Er ist unser schlimmster Feind, ihn gilt es zu bekämpfen! Hart, schonungslos, mit sämtlichen Mitteln!«

»Vielleicht stimmt es gar nicht«, meinte Dotzman in die entstandene Pause hinein. Wenn er mit Gettoro allein war und dieser schwieg, fühlte er sich unbehaglich.

»Ich werde es herausfinden«, sagte der Boß in den Raum hinein. »Das nehme ich selber in die Hand.«

Einige Minuten danach durfte Dotzman gehen. Er hatte sich verabschiedet und stand bereits an der Tür, als ihm Gettoro nachrief.

»Wie hieß doch gleich dieser Dealer, der den Ärger verursacht hat?«

»Adams, Sir, Billy Adams.«

Gettoro nickte. Es lag etwas Endgültiges darin.

Dotzman machte, daß er hinauskam.

*

An diesem Sonnabend wäre für mich ein freier Tag gewesen. Doch es kam wieder einmal anders. Gerade räumte ich das Frühstücksgeschirr weg und überlegte, ob ich Moira anrufen und sie zu einem Ausflug einladen sollte, als das Telefon summte.

Blitzartig überlegte ich, ob es Moira sein konnte, die mich ihrerseits anrief. Aber es war zu früh. Um neun Uhr schlief sie gewöhnlich noch. Oder sollte sie heute eine Ausnahme gemacht haben?

»Cotton«, sagte ich und wußte eine Sekunde später, daß der Ausflug nicht stattfinden würde. Es war mein Kollege Fred Skope. Er hatte heute Dienst im Office.

»Die Narcotic Squad hat angerufen«, meinte er nach ein paar einleitenden Worten. »Ihr hattet da gestern doch eine Flora Dobson.«

»Sie ist uns weggelaufen, wahrscheinlich mit ziemlich viel Stoff«, antwortete ich. »Haben die Boys von der City Police sie erwischt?«

Die Formalitäten in Dotzmans Wohnung hatten bis in die frühen Morgenstunden gedauert. Zum Schluß hatte ich die Kollegen von der City Police doch noch gebeten, nach Flora zu suchen. Schätzungsweise hatte sie so viel Heroin mitgehen lassen, daß der Stoff zu einer Gefahr für sie werden würde. Und zwar durch die bestohlenen Gangster. Es war mir besser erschienen, daß sie zunächst zu ihrer eigenen Sicherheit festgesetzt würde.

»Erwischt ist nicht der richtige Ausdruck. Sagen wir besser gefunden. Jerry. Sie ist tot. Aus der 8. Etage entweder gesprungen oder geworfen worden.«

»Wer ist zuständig?«

Der Fall weitete sich aus. Ich ließ mir den Namen des Bearbeiters geben und rief bei der Narcotic Squad an. Dieses Spezialressort der New Yorker City Police befaßt sich vorzugsweise mit Rauschgiftdelikten. Nachdem ich den Mann an der Strippe hatte, fragte ich nach Einzelheiten.

»Nein, in dem Apartment war kein Stoff, Mr. Cotton. Aber die Tote hatte noch eine ganze Menge bei sich. 27 Schuß, um genau zu sein. Vorn in den Büstenhalter gesteckt.«

Ich überlegte kurz. Danach stand mein Entschluß fest.

»Das ist unsere Sache. Ich komme bei Ihnen vorbei. Bis nachher.«

Ungefähr eine Stunde später saß ich dem Detective gegenüber und hatte die noch dünne Akte mit den ersten Berichten vor mir. Kurz berichtete ich ihm über die Vorgeschichte.

»Wahrscheinlich ist ihr einer gefolgt oder gleich nach ihr gekommen, Mr. Cotton. Am Türschloß haben wir schwache Kratzer gefunden, scheint so, daß es jemand mit einem Instrument aufgemacht hat. In der Wohnung keine verwertbaren Spuren. Sie scheint sich kurz vor der Sache noch 'nen Schuß verpaßt zu haben. Das Fixbesteck lag auf dem Küchentisch.«

»Gibt es Zeugen? Hat jemand etwas Verdächtiges wahrgenommen?«

»Im Haus nichts. Ein Passant will hinter der Dobson noch eine zweite Gestalt auf dem Küchenbalkon bemerkt haben. Er ist sich aber nicht sicher.«

»Was glauben Sie?« fragte ich.

»Sie haben sie runtergeworfen. Hätte mich ehrlich gewundert, wenn das arme Ding ungeschoren geblieben wäre. Wer, denken Sie, hat es gemacht?«

»Vielleicht der, mit dem sie gestern abend die Treppe

raufging. Jedenfalls steckt dieser Dotzman dahinter. Sie hatte keinen Grund, sich selbst umzubringen.«

»Noch dazu mit Stoff für mindestens einen Monat«, meinte der Detective.

Ich empfand Zorn gegen die Gangster. Auch Flora Dobsons Leben ging auf ihr Konto. Nun würde ich Dotzman jagen. Bekam ich ihn, würde auch sein Laufbursche nicht mehr lange die Freiheit genießen.

Nach kurzem Dank an den Detective fuhr ich ins Office. Noch an diesem Vormittag wollte ich den Dealer Adams in der Untersuchungshaft vernehmen. Er mußte noch mehr über Dotzman wissen, als er gestern ausgesagt hatte.

Zunächst beauftragte ich Kollegen aus dem Archiv, bei der City Police und gegebenenfalls bei der Zentrale in Washington etwaiges Material über Jack Dotzman abzurufen. Dann erfragte ich die Haftanstalt, in der Adams bis zu seiner Verhandlung einsitzen würde. Und schließlich machte ich mich telefonisch auf die Sache nach einem meiner besten Informanten, nach Bernie Spindel.

Das gestaltete sich wie immer schwierig. Spindel, ein Original, das in der Zwielichtzone zwischen bürgerlicher Gesellschaft und Unterwelt lebte, war schlau wie eine Ratte und ebenso scheu. Er mußte es sein, wollte er am Leben bleiben. Einen direkten Draht zu ihm gab es nicht. Man mußte stets erst einen seiner Verbindungsleute ausfindig machen und dem sagen, Bernie möge sich melden. Irgendwann, ein paar Minuten, einige Stunden oder auch Tage später, rief Spindel dann an.

Diesmal tat er es nach einer knappen Viertelstunde.

»Hallo, Cotton«, hörte ich seine rauhe Stimme, »was Besonderes gefällig?«

»Kannst du sprechen, Bernie?«

»Ja, ich bin in 'ner Öffentlichen«, sagte Spindel. Ich vernahm im Hintergrund Verkehrslärm.

»Okay, ich bin hinter einem gewissen Jack Dotzman

her. Rauschgiftszene, und es geht um Mord. Weißt du was über den Kerl?«

»Hab' den Namen schon gehört.« Bernie hustete. »Ist hier noch nicht groß in Erscheinung getreten. Arbeitet für Gettoro. Ob er direkt zur Familie gehört, weiß ich nicht. Soll von der Westküste gekommen sein, Frisco vermutlich. Das wäre alles.«

»Gut. Danke, Bernie. Bezahlung wie üblich. Gibt es sonst noch was?«

»Ich hab' da was läuten hören von 'nem Gegenmittel bei Heroinsucht. Man quatscht darüber. Von oben her will man aber nicht, daß darüber geredet wird. Es soll keine Verunsicherung geben.«

»Du warst schon mal besser, Bernie«, sagte ich. »Heroinsüchtige werden bei Entziehungskuren häufig mit Medikamenten unterstützt, um die Entzugserscheinungen zu mildern. Wieso wird darüber geredet? Das ist ein uralter Hut.«

»Irrtum, Cotton, der Hut ist brandneu«, meinte Bernie selbstbewußt. »Es soll ein Mittel sein, das den Betreffenden irgendwie innerlich umdreht, daß er nicht mehr rückfällig wird.«

»Und das soll es schon geben?« fragte ich ungläubig. »Wie sicher ist die Quelle?«

Es gehörte zu den Spielregeln, nur in schwerwiegenden Fällen direkt nach der Quelle zu fragen. Bei Bernie erübrigte es sich. Er verstand es meisterhaft, den Wahrscheinlichkeitsgrad einer erhaltenen Nachricht zu beurteilen.

»Sie ist mittelgut bis gut, würde ich sagen. Nein, man arbeitet noch daran.« Bernie schwieg für einige Augenblicke. »Und weil wir uns gut kennen, Cotton, sag' ich Ihnen auch, wer daran knobelt. Es ist die Benson Pharma.«

Wir sprachen noch ein paar Minuten über die Sache, aber viel mehr wußte Bernie auch nicht. Nachdem ich ihm versicherte hatte, daß sein Honorar noch heute an die nur mir bekannte Deckadresse abgehen würde, legte Spindel auf.

Nun wußte ich, was William Peers hatte sagen wollen, als ich wegen des Todes seiner Tochter bei ihm gewesen war. Er war drauf und dran gewesen, eben diese Arbeiten zu erwähnen. Daher also sein inneres Engagement!

Die Sache war hochinteressant. Obgleich sie in keiner Verbindung mit meinem Fall stand, wußte ich, daß ich mich darüber unterrichten würde, soweit es privat möglich sein würde. Und wenn ich Peers noch einmal aufsuchen mußte, um ihm weitere Einzelheiten über die letzten Wochen oder Monate seiner Tochter Joan zu schildern! Ein Grund mehr, Adams zu vernehmen. Er hatte die Unglückliche mit Rauschgift beliefert. Er mußte auch die Umstände ihres Lebens in der jüngsten Vergangenheit kennen.

Ich rief die Haftanstalt in Queens an, ersuchte um Vorführung des Untersuchungsgefangenen Billy Adams in etwa einer Stunde und fuhr dann los.

*

Etwa zum selben Zeitpunkt traten die Häftlinge in Block 7 zum Essen an. Sie wurden aus den Zellen geholt, mußten sich auf den Gängen aufstellen und setzten sich auf das Pfeifsignal des Oberwärters in Marsch. In klapperndem Gleichschritt bewegten sich die einzelnen Kolonnen die Gänge entlang, die Treppen hinunter, sammelten sich auf den Hauptkorridoren, schwollen an wie ein Bach nach dem Platzregen und strömten schließlich in Fünferreihen in den kahlen Speisesaal.

Die Gefangenen, durch die Anstaltskleidung fast aller Individualität beraubt, verteilten sich an die zahlreichen Tische. Einer von ihnen war Billy Adams.

Vorn an der Durchreiche zur Küche nahmen die Kalfaktoren die Kübel mit Suppe, Gemüse, Kartoffeln und Soße in Empfang. Die spärliche Fleischration folgte auf großen Aluminiumplatten. Dann schoben jeweils zwei Kalfaktoren ihren Wagen zu einem der langen Tische.

Insgesamt waren es zehn Partien. Zwischen zwei von ihnen gab es für Sekunden eine Behinderung. Beide wollten den Tisch Nummer 6 ansteuern. Die Wagen stießen leicht zusammen.

»Ich denke, *wir* gehen an Tisch 6?« wunderte sich einer der Kalfaktoren.

»Quatsch, den haben wir heute, du träumst ja«, sagte einer von der anderen Partie, ein fetter Typ mit gedunsenem Gesicht und Halbglatze. Seine Augen sahen leicht gelblich aus, das Zeichen für ein chronisches Leberleiden. Der Mann war heroinsüchtig.

»Wieso das denn?« erkundigte sich der zweite Mann am ersten Wagen. »Wir haben doch immer Tisch 6.«

»Heute nicht, du Pinsel!« zischte ihm der Aufgeschwemmte entgegen und machte eine Kopfbewegung zu einem Aufsichtsbeamten hin, der die Drängelei mitbekommen hatte und herübersah. »Macht keinen Ärger und geht an Tisch 7!«

»Okay, wenn du unbedingt willst.« Der erste Frager gab seinem Wagen einen Schubs nach der Seite. »Der Fraß ist sowieso derselbe.«

Nach diesem scheinbar belanglosen Zwischenfall ging die Essenausgabe mit gewohnter Zügigkeit vor sich. Die einzelnen Gefangenen hielten den vorüberkommenden Kalfaktoren die Eßgefäße hin und bekamen ihre Portionen mit Schöpflöffeln zugeteilt. Der Fette gab die Suppe aus. Als er bei Billy Adams vorbeikam, ließ er unbemerkt ein briefmarkengroßes Kuvert aus dem Ärmel in die Hand gleiten. Zusammen mit dem Schöpflöffel voll Suppe streute er eine winzige Prise weißes Pulver in die helle legierte Suppe. Ohne Adams anzusehen, schob er den Wagen weiter.

Nachdem Tisch 6 versorgt war, kehrten die Kalfaktoren mit den annähernd leeren Kübeln zum Ausgabeschalter zurück. Der Fette verstand es, das zu einem streichholzkopfgroßen Kügelchen zusammengeknüllte Kuvert in den noch handhoch gefüllten Suppenkübel fallen zu lassen. Er half beim Durchreichen in die Küche und sah, wie die Reste routinemäßig in einen der Bottiche ausgeleert wurde, die täglich an eine Schweinemästerei gingen. Danach ging er an den Kalfaktorentisch und begann seinerseits zu essen. Vorher hatte er mit einem der Häftlinge an Tisch 1 einen Blick gewechselt und kaum merklich genickt. Nun wartete er auf das, was unweigerlich kommen mußte.

Die Minuten vergingen. Nichts Ungewöhnliches geschah. Der weite und hohe Raum war erfüllt vom vielfältigen Klappern der Eßbestecke gegen die Blechteller sowie vom Summen der halblaut geführten Gespräche. Mit langsamen Schritten patrouillierten die dunkelblau uniformierten Wärter zwischen den Tischreihen, die kurzen Knüttel unter den Arm geklemmt. Ein Tag wie jeder andere in der Haftanstalt.

Eine Viertelstunde war um. Der hartgesichtige Häftling an Tisch 1 suchte den Blick des fetten Kalfaktors. Eine Frage lag in seiner Miene. Der Kalfaktor nickte wieder ganz leicht und hoch anschließend ein wenig die Schultern.

Keine Minute später geschah es. An Tisch 6 hörte Adams zu essen auf, obgleich er seine Portion noch nicht völlig verzehrt hatte. Er griff sich mit beiden Händen an den Leib, als habe er Schmerzen. Plötzlich erfaßte ihn ein wilder Krampf. Sein Körper krümmte sich mit solcher Wucht zusammen, daß der Kopf hart auf die Tischplatte schlug.

Seine beiden Sitznachbarn stutzten, rückten erschrokken von ihm ab, sprangen von der Bank, als Adams verkrümmt und mit schmerzverzerrtem Gesicht rücklings zu Boden stürzte. Aus seinem Mund brach unvermittelt ein unmenschlich klingendes Schmerzgeheul.

Der Kalfaktor grinste den Hartgesichtigen an. Nun nickte dieser befriedigt. Die Anordnung, die heute morgen von draußen gekommen war und sich auf Adams bezog, war ausgeführt.

Adams lag auf dem Betonboden zwischen den beiden Bankreihen der Tische 6 und 5. Im Abstand von einigen Sekunden schüttelten ihn Krämpfe von wilder Heftigkeit. Dabei gab er stoßweise dieses gräßliche Schmerzgeheul von sich.

Während sich die meisten der Gefangenen umwandten und erregtes Stimmengewirr aufbrandete, eilten zwei Wärter zu dem Schreienden. Der Oberaufseher stürzte zum Telefon. Andere Aufseher pflanzten sich vor den Türen auf. Die erfahrenen Beamten wußten, dies war ein kaltblütiger Mord. Sie kannten auch den Namen des tödlichen Giftes. Ebenso wußten sie, daß bei der nun folgenden Untersuchung höchstwahrscheinlich nichts herauskommen würde. Aber sie mußte sein und würde stattfinden.

Dann knallte die Lautsprecherstimme in den Saal. »Alles bleibt auf seinen Plätzen! Ich wiederhole, alles bleibt sitzen, bis weitere Anordnungen ergehen! Zuwiderhandlungen werden mit dem sofortigen Entzug sämtlicher Vergünstigungen geahndet.«

Aus den Reihen der Gefangenen kamen Buhrufe und Piffe, aber der Befehl wurde befolgt. Bis auf wenige hatten die Männer nichts zu fürchten. Und diesen wenigen, die eingeweiht worden waren, würde nichts nachzuweisen sein.

Dann kam eine Gruppe weiterer Aufseher in den Saal. Sie verteilten sich auf die einzelnen Bankreihen. Die übliche Leibesvisitation begann.

Schon vorher hatte man Adams hinausgetragen. Er befand sich jetzt auf dem Weg ins Krankenrevier. Die Gänge, durch die er gefahren wurde, hallten wider von seinen Schreien.

»Den haben sie vergiftet«, sagte einer der Wärter zu dem anderen. »Das arme Schwein ist schon so gut wie tot.«

»Wenn man ihn so hört, glaubt man es.« Der zweite Aufseher mußte die Stimme erheben, um gehört zu werden. »Was hat eigentlich der Knast für einen Zweck, wenn die Unterwelt auch hier drin machen kann, was sie will?« fügte er wütend hinzu.

»Du kennst doch den alten Mist«, gab der erste zurück. »Alles überbelegt, zu wenig Aufsichtspersonal, schlappe Kontrollen der Besucher, und außerdem haben wir eine Filiale der Cosa Nostra in jeder Anstalt, wo immer sie auch liegt.«

»Schöne Scheiße«, meinte der andere.

»Du sagst es.«

*

Als ich ins Büro des Direktors kam, erfuhr ich von dem Giftanschlag auf Billy Adams. An sich waren mir solche Vorkommnisse nicht neu. Die Unterwelt vermochte auch einen Gefangenen im Knast zu erreichen, sofern er nicht besonders geschützt wurde. Ich wunderte mich jedoch darüber, daß man es des Risikos für wert gehalten hatte, den kleinen Dealer zu ermorden.

Ein Risiko bestand in zweifacher Hinsicht. Erstens konnten die Ausführenden erwischt werden, wenngleich die Möglichkeit hierzu gering war. Sie konnten Auftraggeber nennen. Vor allem aber machte die Unterwelt mit einem solchen Mord darauf aufmerksam, wie wichtig ihr das Schweigen des Betreffenden war.

Im vorliegenden Fall sollte höchstwahrscheinlich Dotzman geschützt werden. Nun gab es wieder zwei Möglichkeiten. Entweder war Dotzman eine wichtige Figur in seiner Organisation, oder der Boß wollte ein Exempel statuieren, um andere von Disziplinlosigkeiten abzuhalten.

Ich ließ mich zum Krankenrevier bringen. Der Arzt zuckte bedauernd die Schultern, als ich ihn nach Adams' Überlebenschancen fragte.

»Keine, Mr. Cotton, er liegt bereits im Koma. Es war auch höchste Zeit.«

Ich blickte ihn fragend an.

»Bei dem Gift kommt es zu Krämpfen, die selbst für unsereinen schlimm mit anzusehen sind. Man kann praktisch nichts machen. Ein krampflösendes Mittel vielleicht, sonst nur abwarten, bis der Unglückliche ausgelitten hat.«

»Wird er noch einmal aufwachen und sprechen können?«

»Mit Sicherheit nicht. Er würde nur zu unerträglichen Schmerzen zurückkehren.«

»Wie kommt Ihrer Meinung nach das Gift in die Anstalt?«

»So ein Gefängnis hat längst nicht so enge Gitter, wie mancher glaubt«, meinte der Arzt. »Ich meine das wörtlich. Sie sind vielleicht gerade eng genug, um einen Menschen zurückzuhalten, und das nicht immer. Aber andere Dinge, Kassiber, Drogen, Werkzeuge, ja selbst Waffen dringen durch. Sicher wissen Sie, daß es in allen Gefängnissen eigene kleine Drogenszenen gibt.«

»Leider.«

»Süchtige sind erpreßbar, Mr. Cotton. Wenn die gefängnisinterne Unterwelt einen Auftrag innerhalb der Anstalt ausgeführt haben möchte, betraut sie damit, wenn irgend möglich, einen Drogenabhängigen. Er weiß, daß sie ihm seine Ration sperren, wenn er nicht spurt. Da er die Entzugserscheinungen kennt und fürchtet, tut er, was verlangt wird.«

»Glauben Sie, es ist hier ähnlich gelaufen? Das Gift

kann ihm doch nur ein Kalfaktor ins Essen gegeben haben.«

»Möglich, es muß aber nicht so sein.«

Der Arzt wurde unterbrochen. Ein als Pfleger arbeitender Häftling, erkennbar an der weißgestreiften Arbeitskleidung, kam aus einem der Zimmer zu uns auf den Korridor.

»Doktor, Adams geht es schlecht. Ich denke, er geht ex.«

»Ist gut, ich komme.« Der Arzt wandte sich zu mir. »Im Knast ist jeder des anderen Wolf. Aber wem sage ich das? Kann ich noch etwas für Sie tun?«

»Nein«, sagte ich, »danke.« Wir gaben uns die Hand. Ich ging den trostlosen Korridor entlang zum Ausgang. Der grünliche Linoleumboden glänzte. Es roch nach Desinfektionsmitteln. Irgendwo stöhnte einer vor Schmerzen.

Ich fragte mich, ob ich mich in die Untersuchung des Mordes an Adams einschalten sollte. Wenn ich wollte, konnte ich mir alle Kalfaktoren von Block 7 vorführen, sie im Krankenrevier auf Anzeichen von Rauschgiftsucht untersuchen lassen und sie vernehmen.

Die Erfolgsaussichten waren gering. Vielleicht würde einer gestehen, den Auftrag bekommen zu haben, Adams etwas ins Essen zu tun. Wie konnte ich ihm nachweisen, daß er um die Tödlichkeit der Substanz gewußte hatte? Und die Hierarchie der Gefangenen in der Anstalt würde dafür sorgen, daß der *Sänger* nicht mehr lange lebte. Ein neuer Mord also. Der wirkliche Auftraggeber würde mir nie genannt werden, die Ausführenden kannten ihn überhaupt nicht.

Wieder einmal wollte mich angesichts des unentwirrbar erscheinenden Dschungels von Verbrechen Mutlosigkeit ankommen. Aber ebenso schnell schüttelte ich sie wieder ab. Das Gesicht von Joan Peers erschien vor meinem geistigen Auge. So viel Hoffnungslosigkeit auf einmal hatte ich lange nicht mehr in den Augen eines Menschen gesehen. Schon um Joan Peers' wegen würde ich weitermachen.

*

Meine nächste Zielfigur hieß Dotzman.

Der Gangster war ein sogenannter Unterführer. Wahrscheinlich hatte er sich in einer anderen Stadt hochgedient, war nach New York geholt und hier mit der Bildung einer kleinen Unterorganisation betraut worden.

Ein typischer Unterführer hat eine Anzahl von Dealern, Zuhältern oder Kassierern zur Verfügung. Er ist einem Boß für deren pünktliche Arbeit verantwortlich und muß termingerecht zahlen.

Ein solcher Gangster steht nicht mehr ganz unten. Er verdient nicht schlecht. So ein Mann besitzt ein Umfeld. Es gibt Lokale, in denen er verkehrt. Er hat eine Stammwerkstatt für sein Auto. Es gibt Freunde und vor allem Freundinnen von ihm, wenn er nicht gerade schwul ist. Jack Dotzman war es offensichtlich nicht. Sonst hätte er sich nicht ein Callgirl in die Wohnung bringen lassen.

Diese Überlegung brachte mich auf Flora Dobson.

Ein Callgirl, das überleben will, sammelt nicht selten Einzelheiten über das Privatleben seiner Kunden. Flora war süchtig gewesen und schon deshalb auf pünktlichen Nachschub an Stoff angewiesen. Dotzman war nicht nur ihr Kunde, sondern auch ihr Lieferant gewesen. Es würde sich lohnen, ihre Wohnung nochmals genau unter die Lupe zu nehmen. Vielleicht hatte sich die gestern nacht Ermordete etwas über den Gangster notiert.

Ich machte mich auf den Weg nach Manhattan. Zwischendurch hielt ich bei einem Schnellimbißlokal an, aß einen Cheeseburger, trank eine Tasse Kaffee und telefonierte mit Moira. Sie war etwas verschnupft über den geplatzten Sonnabend, sah aber schließlich ein, daß ich nun mal Polizist war. Mit einem Kuß durchs Telefon vertagten wir uns auf morgen.

Dann fuhr ich weiter in die West 103rd Street, holte mir beim Hausmeister den Schlüssel und fuhr in Floras Apartment hinauf. Von dem Detective der Narcotic Squad wußte ich, daß die Wohnung routinemäßig durchsucht, aber nicht ausgesprochen gefilzt worden war. Dafür hatte es nach Ansicht der Kollegen von der City Police keinen Grund gegeben. Das Motiv des Mordes lag ja klar.

Wenn man nach einem kleinen Gegenstand fahndet, muß man sich Zeit lassen und versuchen, die Gedanken des Handelnden nachzuvollziehen. Ich war hinter Notizen her. Wenn es sie gab, handelte es sich um einige Zettel, bestenfalls um ein kleines Buch. Selbst in einer kleinen Apartmentwohnung kann man so etwas an vielen Orten verbergen.

Um es kurz zu machen, ich fand das gesuchte Notizbuch in Floras Kofferradio. Nicht etwa im Batteriefach, so einfach hatte es die Ermordete nicht gemacht. Ich hatte darin nachgesehen und wollte das Gerät schon beiseite stellen, als mir die vielen Kratzspuren an den Schrauben auffielen, die die Rückwand fixierten. Sie mußten oft gelöst und wieder festgezogen worden sein. Ich schraubte die Rückwand ab und fand das knapp handtellergroße Buch. Der abgegriffene grüne Ledereinband zeugte von häufiger Benutzung.

Beim Durchblättern stieß ich auf eine Anzahl Namen, Telefonnummern und Adressen. Daneben Eintragungen unter einzelnen Tagen. Dollarsummen und immer wieder den Namen Gino. Leider aber nichts von Dotzman oder Notizen, die auf ihn hinwiesen.

Ich steckte das kleine Buch ein. Es würde eine Fleißarbeit sein und Tage dauern, es auszuwerten. Möglicherweise befand ich unter den Rufnummern die von Dotzmans zweiter Wohnung. Es erschien mir ziemlich sicher, daß er eine besaß. Natürlich lief sie auf den Namen eines Strohmannes.

Meine weitere Suche förderte nichts zutage. Nach etwa einer Stunde gab ich auf.

Es war inzwischen später Nachmittag geworden. Ich wollte eben das Apartment verlassen und stand an der Tür zum Korridor, als der Gong anschlug. Jemand stand draußen. Ich hörte, wie sich die Person bewegte. Für den Moment verhielt ich mich ruhig.

Noch zweimal ertönte der Gong, dann wurde geklopft. »Hallo, Flora, bist du da?« fragte eine Frauenstimme.

Noch bevor ich mich zu etwas entschließen konnte, näherten sich rasch die schweren Schritte eines Mannes. Sie stoppten vor der Tür. Der Mann und die Frau schienen sich zu kennen.

»Willst du auch zu Flora?« erkundigte sich die Frau.

»Weißt du es noch nicht?« fragte der Mann dagegen. Er sprach halblaut. Mir kam die Stimme bekannt vor.

»Was soll ich wissen?« Mißtrauen schwang in der Frage.

»Flora ist tot. Sie ist gestern nacht vom Balkon gesprungen.«

»Was? Und warum?«

»Das weiß keiner. Vielleicht hat sie 'ne Überdosis gespritzt und ist durchgedreht. Oder sie war besoffen. Was weiß ich!« gab der Mann brutal zurück. Ich lauschte dem Klang der Stimme nach. Irgendwo mußte ich sie schon gehört haben.

»Das glaube ich nicht. Flora war kein Typ, der sich umbringt.« Die Stimme der Frau klang nun schrill vor Erregung.

»Sie hat es aber gemacht«, sagte der Mann ungeduldig. »Also verschwinde schon. Sie ist bereits in der Gerichtsmedizin und wird bald auf Hart Island verbuddelt.«

»Und was willst du hier?« Die Frau schien sich nicht einschüchtern lassen zu wollen.

»Geht dich 'nen Dreck an! Los, hau ab, oder ich mach dir Beine!«

Bei mir fiel jetzt der Groschen. Der Kerl draußen war derselbe, der die unglückliche Flora die Treppe zu Dotzmans Wohnung hinaufgezerrt hatte. Der Zufall hatte ihn mir frei Haus geliefert. Ich fragte mich nur noch, wie ich aus der Situation ein Höchstmaß an Erkenntnissen gewinnen konnte. Am besten, wenn ich die beiden möglichst lange weiterreden ließ. Vielleicht würde ein Hinweis darauf kommen, wo ich Dotzman finden konnte.

»Ich hab' noch Sachen bei ihr.«

»Wieso?«

»Manchmal haben wir zusammen einen Kunden bedient. Ich will mir das Zeug abholen. Klamotten sind teuer. Also laß mich rein.«

»Du haust jetzt ab, oder ich schlage dich so zusammen, daß dich für die nächsten Wochen nicht mal die Penner angucken«, sagte der Mann. Aus dem veränderten Ton seiner Stimme und dem Rascheln an der Tür entnahm ich, daß er sich mit dem Rücken davor gestellt hatte.

Die Frau schien Mut zu haben.

»Das hier geht dich nichts an, Brolli, es hat nichts mit dem Geschäft zu tun«, sagte sie entschlossen. »Ich hab' meine Moneten immer abgeliefert und tue es weiter. Aber mein Arbeitszeug brauch' ich, und ein Teil davon ist da drinnen. Schließlich lebst auch du ein bißchen davon, daß ich gut verdiene. Also gib die Tür frei!«

»Du dreckige Nutte!«

Es gab ein paar dumpfe Geräusche wie von Schlägen. Die Frau schrie auf. Ich packte die Türkline und riß die Tür auf. Gerade zur rechten Zeit.

Es war der Bursche mit dem dunklen lockigen Haar. Er hielt eine schwarzhaarige Frau an den Revers ihrer kurzen Lederjacke gepackt. Mit der freien Hand ließ er einen

Hagel von Ohrfeigen niedersausen. Er schien sich sicher zu fühlen. Obgleich jede Sekunde jemand auf dem Korridor erscheinen konnte, wollte er die Schwarzhaarige offensichtlich nachhaltig verprügeln.

Mein indianischer Kollege Zeerookah kam mir in den Sinn. Er pflegte zu sagen: »Immer höflich zu Damen, auch wenn sie auf den Strich gehen.« Außerdem widerstrebt es mir aufs äußerste, wenn Frauen geschlagen werden. So fiel meine Reaktion hart aus.

Wortlos klopfte ich dem Kerl von hinten auf die Schulter. Er reagiert schnell und fuhr herum. Ich hatte das vorausberechnet, und so lief er mitten in einen Kinnhaken. Er taumelte gegen die Wand, aber seine Rechte zuckte unter die linke Achsel. Allerdings nicht schnell genug. Bevor sie dort war, setzte ich mit einem linken Schwinger nach. Die Doublette landete binnen höchstens zwei Sekunden.

Phil pflegte in solchen Fällen von Sterobehandlung zu sprechen, weil die Hiebe von beiden Seiten kamen. Hier war sie durchaus angebracht.

Brolli, von dem ich nun wußte, wie er hieß, besaß trotzdem noch Energie genug, seine Pistole aus der Halfter zu ziehen. Allerdings nur noch im Zeitlupentempo. Es sah mehr wie eine Waffenübergabe aus. Ich brauchte ihm die Puste nur noch abzunehmen und das Ding außer Reichweite zu werfen. Dann stieß ich den Schläger gegen die Mauer und klopfte ihn ab. Ein paar Sekunden später klickten die Handschellen.

»He, Mann, so was hab' ich noch nie gesehen. Wo haben Sie das gelernt, Mister?«

Die Frau hatte sich bereits wieder gefangen. Sie holte Handspiegel und Kamm aus der Umhängetasche und begann, ihr ramponiertes Äußeres wiederherzustellen. Sie mochte 30 sein, war etwas mollig und hatte ein hübsches, von den ersten Falten gezeichnetes Gesicht.

»Ich bin Special Agent Cotton vom FBI«, stellte ich

klar. »Sie sind vorläufig festgenommen«, informierte ich Brolli. »Ich beschuldige Sie des unbefugten Waffenführens und der Körperverletzung an dieser Lady.« Zu der Frau gewandt, fügte ich hinzu: »Wollen Sie gegen diesen Mann Anzeige erstatten? Er hat Sie schwer geschlagen.«

»Wozu, G-man? Das ist unsereins gewöhnt. Aber wissen Sie etwas über Floras Tod? Sie war ein armes Luder, aber ein guter Kumpel.«

»Wahrscheinlich ist sie ermordet worden. Sie scheint vom Balkon gestoßen worden zu sein.«

»Das hab' ich mir schon gedacht.« Die Frau ballte die Fäuste. Sie schien sich auf Brolli stürzen zu wollen. Dann rang sie ihre Wut nieder und senkte den Blick. »Wenigstens hat sie das Drecksleben hinter sich.« Ihre Stimme klang plötzlich belegt. »Die könnt ihr nicht mehr schikanieren«, zischte sie. »Die nicht mehr!«

Brolli, an den die letzten Worte gerichtet waren, lehnte bleich an der Wand. Es war Zeit, ihn wegzuschaffen. Seine Knie waren unter den Schlägen weich geworden. Aber ich wollte vorher noch ein paar Worte mit der Frau allein sprechen.

Also bugsierte ich den Schläger in Floras Apartment und schloß ihn mit den Handschellen an ein Heizungsrohr. Dann winkte ich die Frau in die Küche.

»Ich kann Sie zu keiner Aussage zwingen, aber Sie könnten mir helfen. Wollen Sie?«

»Wenn Sie immer in meiner Nähe wären ja, Mr. Cotton, aber das sind Sie nicht. Deshalb darf ich es mit den Kerlen nicht verderben. Sonst springe ich am besten gleich ebenfalls vom Balkon. Sie verstehen, was ich meine.«

Ich nickte. Wer von uns Agents kannte nicht das unbarmherzige Gesetz der Straße? Nur Kronzeugen in besonders wichtigen Fällen genossen besonderen Schutz bis zur Gerichtsverhandlung. Sie durften danach mit unserer Hilfe untertauchen und wurden mit einer neuen Identität ausgestattet. Es hätte ganz einfach unsere Möglichkeiten überstiegen, dieses Verfahren überall dort anzuwenden, wo es angebracht gewesen wäre.

»Klar, ich weiß, wovon Sie reden«, sagte ich halblaut, damit uns Brolli auch durch die geschlossene Tür nicht hören konnte. »Kein Mensch will Sie zu einer Aussage zwingen. Der da drinnen ist nur ein Laufbursche von Dotzman. Um Dotzman geht es. Ich will ihn haben. Können Sie mir einen Tip geben? Es wird nicht auf Sie zurückfallen.«

»Versprochen, G-man?« Sie sah mir skeptisch ins Gesicht.

»Versprochen . . .«

»Ich bin Eileen Webber. Okay, es gibt da eine Bar in der East 46th Street. Sie heißt Schirwanzade. Dort kommt er gelegentlich hin.«

»Danke, Eileen, das wär's. Sie können gehen. Sind Sie okay?«

»Alles bestens, G-man. Die paar blauen Flecken sind nicht der Rede wert. Aber Brolli darf nicht auf den Gedanken kommen, ich hätte was rausgelassen.«

»Keine Sorge, ich mach' das. Alles Gute.«

»Kann ich brauchen. Sie sind sehr nett.«

Eileen Weber stellte sich auf die Zehenspitzen. Sie gar mir einen schnellen Kuß auf die Wange und war auch schon draußen.

Ich wartete eine Minute lang. Dann ging ich in den Wohnraum und holte den Schläger ab. Er sah immer noch blaß aus um die Nase. Seine Blicke sagten deutlicher als Worte es vermocht hätten, daß es von nun an einen Feind mehr für mich gäbe in New York. Nun, für die nächste Zeit würde er keine Gelegenheit haben, sich an mir zu rächen. Wenigstens glaubte ich das.

In meinem Jaguar besteht die Möglichkeit, einen Gefangenen so zu sichern, daß er dem Fahrer nicht lästig oder gefährlich werden kann. Die Position ist nicht eben bequem, aber Brolli fügte sich ohne Widerstand, als ich ihn an die Stahlstange unter dem Armaturenbrett anschloß. So brachte ich ihn ins Office, übergab ihn dem diensthabenden Kollegen zum Einsperren in die Arrestzelle und fuhr nach oben, um das unvermeidliche Protokoll aufzusetzen. Die Beschuldigung lautete auf unbefugtes Waffenführen. Falls nichts anderes gegen Brolli vorlag, sollte das genügen, ihn für mindestens ein halbes Jahr aus dem Verkehr zu ziehen.

Zwar argwöhnte ich, er könne auch Floras Mörder sein, aber es fehlte auch der kleinste Beweis.

Auf meinem Schreibtisch fand ich Material über Dotzman vor. Es bestätigte im großen und ganzen Bernies Angaben.

Danach war Dotzman in San Francisco ein polizeibekannter Gangster. Bereits dort hatte er für ein Rauschgiftsyndikat gearbeitet. Er war viermal verhaftet gewesen. Zweimal hatte es zu einer Verurteilung gereicht. Einmal anderthalb Jahre wegen Heroinhandels, dann vier Jahre wegen Körperverletzung mit Todesfolge. Bald nach seiner letzte Haftentlassung war Dotzman aus der Metropole an der Westküste verschwunden.

Nun würde auch hier in New York seine ruhige Zeit vorüber sein, schwor ich mir. Noch heute abend würde ich in der Schirwanzade-Bar nach ihm Umschau halten.

*

Walter Farnsworth empfand seit dem frühen Vormittag Unruhe. Dotzman hatte ihn angerufen und ihn für den Abend in ein Lokal in Manhattan bestellt. Es gebe etwas Dringendes zu besprechen.

»Wer war denn das?« hatte seine Frau gefragt, nachdem er aufgelegt hatte. Ihr war der eigenartige Ton aufgefallen, den ein Telefonierender fast immer anschlägt, wenn ein im Zimmer Anwesender nichts vom Charakter des Gesprächs bemerken soll.

»Nichts von Bedeutung, Millicent, es betrifft das Geschäft. Ich muß heute abend noch mal in die Firma.«

»Immer die Firma!« Seine Frau schlug den quengeligen Ton an, den er seit Jahren haßte. »Wir wollten doch Wendy und Bob besuchen. Geht es denn nicht einmal auch ohne dich?«

»Ich muß hin, es ist wichtig.«

Farnsworth merkte zu spät, daß er sich vergaloppiert hatte. Es war Sonnabend. Zwar arbeiteten mehrere Abteilungen der Benson Pharma rund um die Uhr, aber die Auslieferung lag über das Wochenende still. Seine Frau wußte das.

Millicent hakte hier auch sofort ein. Sie trug die für Sonnabend üblichen Lockenwickler, hatte ein Kopftuch darüber und das schon ein wenig schlaffe Gesicht dick eingecremt. Farnsworth verabscheute den Anblick. Dazu der anklagende Ton und die im Mundwinkel hängende ewige Zigarette! Er fragte sich, weshalb es nicht viel öfter zu Totschlag oder auch Mord unter Eheleuten kam.

»Natürlich wird Sonnabend und Sonntag nicht ausgeliefert«, versetzte er gereizt. »Aber gerade dann nehmen wir Reparaturen und Neuprogrammierungen am Transportsystem vor. Das funktioniert alles vollautomatisch und wird mit Lochstreifen gesteuert. Wenn du dich für meine Arbeit interessiertest, hättest du das behalten. Aber du hörst ja nicht hin, wenn ich davon spreche.«

»Sind der Haushalt und die Kinder vielleicht nicht genug?« Seine Frau stemmte die Arme in die Hüften und pflanzte sich angriffslustig vor ihm auf. Sie begann die ihm sattsam bekannte Tirade von ihrer Überlastung loszulassen, die er nahezu auswendig hätte hersagen können. Das Selbstmitleid gipfelte wie immer darin, sie könne heute bei Gott nicht mehr verstehen, weshalb sie ihn damals geheiratet habe.

Farnsworth mußte an sich halten, um nicht loszubrüllen.

»Verdiene ich dir etwa nicht genug?« fuhr er auf. »Ist das alles gar nichts, die große Wohnung, die teure Einrichtung, dein eigenes Auto, das Boot, das Wochenendhaus? Sieh dich doch mal um, wer von meinem Kollegen seiner Frau das zu bieten hat!«

Millicent war wieder einmal von Selbstmitleid erfüllt und nicht gewillt, auch nur irgend etwas zugunsten ihres Mannes gelten zu lassen.

»Anderenfalls hätte ich dich auch schon verlassen«, sagte sie abschätzig und verließ das Zimmer.

Farnsworth grub die Nägel in die Handflächen. Zum hundertsten Mal fragte er sich, weshalb in aller Welt er sich das bieten lasse. Millicent hatte wirklich keinen Grund zur Klage. Sie lebte weitaus besser als die meisten Frauen, deren Männer vergleichbare Jobs ausübten. Es sprach für ihre Dummheit und Oberflächlichkeit, daß sie bisher noch nie gefragt hatte, wie ihr Mann zu dem hohen Verdienst käme. Von seinen geheimen Geschäften mit der Unterwelt wußte sie natürlich nichts.

Sie hat keinen Schimmer, wie schwer es ist, fortlaufend Ware abzuzweigen und ihr Verschwinden zu tarnen, dachte er wütend. Bis jetzt war es ihm stets gelungen, die Eingaben in den Computer des Auslieferungslagers so zu manipulieren, daß sie mit der regulär ausgelieferten Warenmenge übereinstimmten. Da die abgezweigten Medikamente nur einen geringen Prozentsatz der Gesamtmasse ausmachten, war sein Treiben bis jetzt nicht aufgefallen. Aber die Sache war nicht ungefährlich. Auch wenn Millicent nichts davon ahnte, sie hätte ihr gutes Leben mit Freundlichkeit und Verständnis danken können.

Farnsworth fluchte unterdrückt und erhob sich. Das Mittagessen, wie üblich aus der Konservenbüchse, lag ihm im Magen. Er fragte sich, was Dotzman von ihm wollen konnte. Üblicherweise traf man sich sicherheitshalber nicht. Sein einziger Mitwisser in der Firma war Clyde Hall, einer der Auslieferungsfahrer. Farnworth arrangierte die Dinge immer so, daß Hall diejenige Ladung erhielt, von der ein Teil an die Unterwelt ging. Wenn Dotzman ihn nun persönlich sprechen wollte, mußte etwas Besonders vorliegen.

Schon um sich von Millicent nicht in noch schlechtere Stimmung versetzen zu lassen, beschloß Farnsworth, bereits jetzt loszugehen. Er wollte seine Stammkneipe besuchen und ein Glas trinken, bevor er sich mit Dotzman traf.

»Wohin gehst du?« fragte seine Frau spitz, als er sich zum Weggehen fertigmachte. »Willst du etwa jetzt schon in die Firma?«

»Ja, dort habe ich wenigstens meine Ruhe«, gab er mit unterdrücktem Groll zurück. Er warf die Wohnungstür hinter sich zu.

Während er mit dem Fahrstuhl abwärts sank, fragte er sich, ob ihr materieller Aufwand nicht geeignet sei, bei den Nachbarn und Bekannten Fragen nach dem Woher auszulösen. Er selbst hätte lieber viel mehr Geld gespart und weniger üppiger gelebt. Aber Millicent mit ihrer ewigen Nörgelei! Er hatte es getan, um seine Ruhe zu haben.

Hoffentlich geht das nicht noch mal ins Auge, dachte er. Dann verdrängte er den unangenehmen Gedanken.

*

Es war neun Uhr an diesem Sonnabendabend. Ich saß seit einer halben Stunde in der Schirwanzade-Bar am linken Ende des Tresens. Der Rest meines alkoholfreien Longdrinks war warm geworden. Ich hatte nur hin und wieder daran genippt, sehr zum Mißfallen der Barmieze, die meine Ecke bediente. Ein paarmal hatte sie versucht, ein Gespräch zu beginnen, aber ich hatte genug zu tun, den Eingang im Auge zu behalten.

Was ich tat, war Warten aufs Geratewohl. Eine große Chance, daß Dotzman gerade heut hier aufkreuzte, rechnete ich mir nicht aus. Aber in unserem Job lernt man schnell, wie stark der Erfolg von geduldiger Ermittlungsarbeit abhängt.

Aus diesem Grund war ich mehr als erstaunt, als ein Mann den schweren dunkelroten Vorhang an der Eingangstür beiseite schob, in dem ich nach den Fotos, die ich mir angesehen hatte, Dotzman zu erkennen glaubte. Ganz sicher war ich mir bei der schummrigen Beleuchtung nicht.

»Wenn alle meine Gäste so viel trinken wie Sie, kann ich meinen Job an den Nagel hängen«, sagte die Barfrau in diesem Moment. »Entweder Sie bestellen noch was, oder Sie machen den Hocker frei«, fügte sie hinzu. »Das hat der Boß gesagt, damit Sie Bescheid wissen.«

Automatisch wandte ich mich der Sprecherin zu. Sie war schwarzhaarig, hatte helle Augen und trug ein enges Kleid in changierendem Blau mit einem Ausschnitt bis dicht über den Nabel.

»Okay«, sagte ich und glitt vom Hocker.

Natürlich war mein Mann weg. Er mußte weiter nach hinter in das langgestreckte Lokal gegangen sein. Langsam bewegte ich mich zwischen den kleinen Tischen hindurch. Niemand achtete auf mich. Auf der von unten matt erhellten Tanzfläche in der Mitte arbeitete gerade eine Tänzerin. Sie hatte mit einem gekonnten orientalischen Bauchtanz begonnen und ließ ihre Darbietung soeben in einen Strip übergehen. Ich hörte das Klingeln der Ketten und Armbänder, die sie nacheinander ablegte und einer Helferin am Rand der Tanzfläche zuwarf.

Mein Blick schweifte von Tisch zu Tisch. Dann stoppte er bei einer Gruppe hinten an der Wand. Dort saß mein Mann, zusammen mit einem anderen. Am Tisch links davon saßen zwei Männer und eine Frau, am Tisch rechts ein einzelnes Paar. Der dazugehörige Mann drehte mir den Rücken. Ich versuchte es, ihn mir näher anzusehen.

Nach den Fotos mußte der Mann vor mir Jack Dotzman sein. Jedenfalls ähnelte er dem Gangster stark. Ich beschloß, ihn zu überprüfen und ins Office mitzunehmen, falls er sich nicht ausweisen konnte. Ohne Hast trat ich an den Tisch und klappte das Ledereetui mit dem FBI-Emblem auf.

»Special Agent Cotton«, sagte ich laut, um die Band zu übertönen. »Sind Sie Jack Dotzman?« Wachsam blieb ich zwei Schritte rechts von dem Tisch stehen.

Die beiden Männer blickten auf. Hinter mir scharrte ein Stuhl. Ich achtete nicht darauf und konzentrierte mich auf den, der wahrscheinlich der gesuchte Gangster war. Er war kräftig, hatte dunkelblondes Haar und wirkte ingesamt rauh und kantig.

Sein Blick traf für Augenblicke den meinen. Dann wich er von meinem Gesicht ab und richtete sich auf den Raum hinter mir. Ich sah darin etwas wie ein Aufleuchten.

War es das oder das Geräusch in meinem Rücken? Jedenfalls wich ich unwillkürlich ein wenig zur Seite. Der wuchtige Schlag mit einer schweren Pistole traf mich deshalb nicht voll, sondern streifte nur meinen Hinterkopf. Trotzdem war er hart genug, um mich für den Moment aktionsunfähig zu machen.

In solchen Fällen handelt man wie tausendfach geübt, aber das Ganze geht wie in Zeitlupe vor sich, marionettenhaft, ohne Kraft und Schwung.

Ich wollte mich umdrehen und gleichzeitig den Revolver ziehen. Als beobachtete ich einen Fremden, nahm ich wahr, wie ich bei der viel zu langsamen Drehung ungewollt in die Knie ging, zwar den 38er noch aus der Schulterhalfter brachte, ihn aber dann fallen ließ. Ich beendete die Drehung am Boden. Mein Körper gehorchte mir im Moment so gut wie nicht. Jedoch blieb ich bei Bewußtsein. Meine Verwunderung über den Angriff von hinten erfuhr sofort eine Erklärung.

Der Mann vom Nebentisch, dem ich den Hieb verdankte, blickte auf mich herab. Ich erkannte ihn wieder. Er hatte gestern abend die Wohnungstür bei Dotzman geöffnet. Er war der Schatten des Gangsters und offenbar bereits vorher dagewesen.

Nun ging alles sehr schnell.

Dotzman und sein Gorilla starrten mich für einige Sekunden an. Der Gorilla hielt eine ausgewachsene Kanone auf mich gerichtet. Er warf seinem Boß einen fragenden Blick zu.

Ich erriet, was das hieß. Es war die Frage, ob er mich ermorden solle. Mit aller Energie streckte ich den Arm nach meinem Revolver aus. Ich bekam ihn nicht zu fassen, kassierte aber einen schmerzhaften Tritt gegen das Handgelenk. Dann kickte der Gorilla meine Waffe außer Reichweite.

Dotzman schüttelte den Kopf und machte eine Bewegung zur Tür. Sein Wächter nickte. Dann ging beide eilig, aber ohne Hast weg.

Ich atmete auf. Meine Kräfte kehrten langsam wieder. Es gelang mir, mich hinzusetzen. Mit einiger Anstrengung kam ich auf die Beine. Mein Blick fiel auf den Mann, der zusammen mit Dotzman am Tisch gesessen hatte.

Er hatte leicht glasige Augen und schien angetrunken zu sein. Bis jetzt hatte er keine Reaktion gezeigt. Als ich aufstand, schien er die Situation zu begreifen. Er wollte seinerseits vom Stuhl aufstehen, tat das aber zu schnell, verlor das Gleichgewicht und kippte mitsamt der Sitzgelegenheit nach hinten über. Bei dem geringen Abstand der Tische untereinander schlug er an den Nachbartisch, wollte sich halten, erwischte das Tischtuch und riß es mit sich zu Boden.

Eine Sekunde danach wälzte er sich in einem Durcheinader von Glassplittern, ausgelaufenem Wein und gelblicher Süßspeise.

Ich nahm meinen Revolver an mich, half dem Mann auf und sagte ihm, daß ich ihn als Zeugen benötige. Schließlich hatte er gesehen, wie ein Polizist angegriffen und mit einer tödlichen Waffe bedroht worden war. Außerdem mußte er Dotzman kennen.

Begreiflicherweise gab es in der Bar ziemliches Aufsehen. Es kam selten vor, daß jemand mit Schießeisen herumfuchtelte. Zunächst mußte ich Dotzmans Gesprächspartner vor den erbosten Gästen des Nebentisches in Schutz nehmen. Während ich diese beruhigte, versuchte der Mann sich zu verdrücken. Dann weigerte er sich etwas zu sagen und nahm Zuflucht zu dummen Lügen. Ich war gezwungen, ihn vorläufig festzunehmen. Nachdem ein mürrischer Kellner seine Kleidung mit Hilfe von Papierservietten einigermaßen abgewischt hatte, fuhr ich mit ihm ins Office.

Der Mann wußte mehr, als er sagte, das war mir bald klar. Immerhin bequemte er sich zu Angaben zur Person. Laut vorgelegtem Führerschein und Sozialversicherungskarte war er Walter Farnsworth, wohnte in New York und arbeitete bei der Benson Pharma.

Der Name der Firma machte mich hellhörig. Er umgab den Gangster Dotzman wie ein allgegenwärtiger Nebel. Die tote Joan, Tochter des Firmenchefs, war von einem seiner Dealer beliefert worden. Im Hinterhof des Hauses, wo wir den Verbrecher beinahe geschnappt hätten, waren mir Kartons mit dem Firmenaufdruck aufgefallen. Und nun hatte es eine Zuammenkunft zwischen dem Gesuchten und ausgerechnet dem Lagerverwalter der Benson Pharma gegeben!

Hier allerdings leistete Farnsworth Widerstand. Er behauptete, den Mann an seinem Tisch, also Dotzman, nicht zu kennen.

»Ich wollte in der Bar nur einen trinken, Mr. Cotton«,

versicherte er mit schwerer Zunge. »Ich war allein. Die Tische haben vier Plätze. Wenn einer kommt und fragt, ob noch einer frei ist, kann ich doch nicht nein sagen. Worüber wir gesprochen haben? Nun, über Sport, das Wetter, die Benzinpreise, was man eben so redet.«

Natürlich war das gelogen, aber ich konnte ihm das Gegenteil nicht beweisen. So erschien es mir klüger, ihn bei der Meinung zu lassen, ich glaubte ihm.

Nachdem er das Protokoll unterschrieben hatte, ließ ich ihn gehen.

»Sie haben gefährliche Gesellschaft gehabt, Mr. Farnsworth«, sagte ich, als er zur Tür ging.

»Kann schon sein«, gab er sichtlich erleichtert zurück. »Aber die Leute tragen gewöhnlich keine Schilder vor der Brust, auf denen steht, wer und was sie sind.«

*

Für Jack Farnsworth war der Abend allerdings noch nicht zu Ende. Als er gegen Mitternacht nach Hause kam, machte ihm Millicent einen mächtigen Krach. Sie hatte am Abend in der Firma angerufen und erfahren, daß der Betrieb in der Auslieferung bis Montagfrüh ruhe und keine Arbeiten vorgenommen würden. Natürlich vermutete sie einen Seitensprung ihres Mannes.

Die Auseinandersetzung verlief einigermaßen lautstark, da Farnsworth seit dem Nachmittag getrunken hatte und nun nicht mehr gewillt war, sich zu beherrschen. Von oben und von der Seite klopften wegen der Störung empörte Nachbarn gegen Fußboden und Wände. Wahrscheinlich hätte einer von ihnen doch noch die Polizei gerufen, wenn der Krach nicht durch einen Telefonanruf beendet worden wäre.

Farnsworth stand gerade nahe dem Apparat. Er nahm ab, meldete sich und erkannte Dotzmans Stimme.

»Alles okay?« fragte der Gangster. »Hat man Sie vernommen?«

»Sicher, aber ich habe gesagt, ich hätte den Mann an meinem Tisch nicht gekannt«, beruhigte Farnsworth.

»Rufen dich die Weiber nun schon zu Hause an?« unterbrach seine Frau giftig.

»Verschwinde, hau ab!« stieß Farnsworth hervor. Er schob Millicent aus dem Zimmer und gab der Tür einen Tritt. Sie flog krachend zu.

»Ärger?« erkundigte sich Dotzman.

»Nicht der Rede wert. Haben Sie noch etwas für mich? Wir sind ja vorhin im Lokal nicht fertig geworden.«

»Ganz richtig. Es geht um dieses Gegenmittel. Wir müssen unbedingt mehr darüber wissen, wir brauchen Einzelheiten. Wie sieht das Planziel aus, wie weit ist man, welche Versuche wurden gemacht, was für Ergebnisse haben sie gezeitigt? Sie verstehen, das ist für uns äußerst wichtig.«

»Natürlich.« Farnworth dämpfte die Stimme. Er wußte, Millicent horchte jetzt an der Tür. »Aber das wird schwierig sein. Es handelt sich um eine gesonderte Abteilung, mit der ich keine Berührungspunkte habe. Sie gehört zum Forschungskomplex und wird zudem besonders bewacht. Ich kann auch keinen der zugehörigen Leute ausfragen, es würde Verdacht erregen.«

Farnsworth Brummschädel hatte sich gebessert. Er vermochte wieder klar zu denken, und er fühlte sich in die Enge getrieben. Schon in der Bar hatte Dotzman das Thema Gegenmittel angeschnitten, als mein Dazwischentreten das Gespräch unterbrach. Beunruhigt lauschte er in den Telefonhörer. Würde Dotzman ihn unter Druck setzen?

»Sehe ich ein«, sagte der Gangster, und Farnsworth atmete erleichtert auf. »Sie dürfen sich nicht verdächtig machen und nur etwas tun, das in Ihren Arbeitsbereich fällt. Eine Frage noch für jetzt. Wer sind die leitenden Leute des Projekts, wissen Sie das?«

»Ja, die Projektleiterin ist Doktor Tricia Conway, ihr Stellvertreter ist Doktor Peter Skyrold.«

»P-e-t-e-r S-k-y-r-o-l-d«, wiederholte Dotzman, er hatte mitgeschrieben. »Okay, und nun sagen Sie mir noch, wer der Leiter des Werkschutzes ist.«

»Ronald Hoogan, ein früherer Polizist.«

»Gut, das wäre es für heute. Sie hören wieder von mir. Bye.« Damit legte Dotzman auf.

Farnsworth machte zwei schnelle Schritte zur Tür und riß sie auf. Seine Frau stand wie erwartet dicht davor. Als sie sich beim Horchen ertappt sah, suchte sie ihr Heil im Angriff und brach in eine neue Schimpfkanonade aus.

Farnsworth sah sich vor die Wahl gestellt, sie zu verprügeln oder anderweitig zu schlafen. Er entschied sich für das letztere. Zwei Ecken weiter gab es eine Pension. Wortlos nahm er seine Jacke von der Garderobe und ging zur Tür.

»Ich gehe, damit ich meine Ruhe habe«, sagte er über die Schulter.

»Wohl zu dieser Tricia«, erwiderte Millicent hämisch.

»Bei der würdest du noch nicht mal als Dienstmädchen angestellt«, schrie Farnsworth in jähem Zorn. Er knallte die Wohnungstür hinter sich zu. Im Fahrstuhl überfiel ihn der Gedanke, daß seine Frau etwas von dem Gespräch mitbekommen haben mußte. Was mochte sie sich darauf zusammenreimen?

So oder so, ich kann es nicht ändern, und alles ist großer Mist, dachte Farnsworth. Der vergangene Tag hatte sein Leben schlagartig verändert, soviel stand fest. Er verwünschte den Entschluß, den Leuten von Dotzman über Hall etwas von den Forschungen nach dem Gegenmittel mitgeteilt zu haben. Erst jetzt wurde ihm die Tragweite der Sache klar, die er damit voreilig ins Rollen gebracht hatte. Was von ihm als eine kleine Neuigkeit gedacht gewesen war, die nur seine Beflissenheit unterstreichen sollte, mußte für die Gangster den Charakter einer Zeitbombe haben. Sie würden nun nicht mehr lokkerlassen, so oder so. Und es würde schwer, wenn nicht unmöglich sein, sich da herauszuhalten.

Farnworth hob resignierend die Schultern, als er in der Kühle der frühen Morgenstunde den Gehsteig entlangschlurfte. Millicents Gekeife klang noch in seinen Ohren. Er war es leid, unsagbar leid. Im Moment erschien ihm sogar die Stille einer Gefängniszelle angenehmer als seine eigene Wohnung. Aber so weit würde er es nicht kommen lassen.

»So weit nicht«, murmelte er vor sich hin, »verdammt noch mal, so weit nicht.«

Seine Frau war inzwischen dabei, im Telefonbuch nach einer Tricia Conway zu suchen. Beim Lauschen an der Tür hatte sie nicht viel mehr als diesen Namen mitbekommen und sich darin verbissen, weil es der Name einer Frau war. Schon seit einiger Zeit vermutete sie, ihr Mann habe eine Freundin, obgleich es keine konkreten Verdachtsgründe dafür gab.

Nachdem sie ihn jedoch gestern abend bei einer Lüge ertappt hatte, war sie überzeugt, er sei auch an den anderen Wochenenden nicht in der Firma gewesen, wenn er vorgegeben hatte, dort gewesen zu sein.

Der Name Conway füllte im New Yorker Rufnummernverzeichnis mehrere Seiten. Eine Tricia Conway gab es indessen nur einmal.

Wäre Millicent Farnsworth in ruhiger Stimmung und nüchtern gewesen, sie hätte es dabei bewenden lassen. Wütend und mittelmäßig angetrunken packte sie den Apparat und rief die Nummer an. Sie mußte fast eine Minute warten, ehe sich eine dunkle Frauenstimmen meldete.

»Hallo«. Es klang schläfrig.

»Du bist wohl schon im Bett?« erkundigte sich Millicent höhnisch.

»Wer ist denn da?«

»Hier ist Millicent Farnsworth, du Schlampe! Ich habe den versoffenen Kerl rausgeschmissen. Er wird bald bei dir aufkreuzen. Viel Vergnügen, meinetwegen behältst du ihn gleich.« Sie legte auf und lachte schrill. Sollte das Miststück nur wissen, daß sie die Sache entdeckt hatte! Triumphierend schenkte sie sich noch ein Glas Whisky ein. Walter war ein Schwächling. Sie würde sich keinesfalls scheiden lassen.

»Er wird zahlen, bis er schwarz wird«, sagte sie leise und stieß mit dem Glas leicht gegen die Fensterscheibe, in der sie ihr Spiegelbild sah. Es sah aus, als proste sie sich selber zu.

*

Den Sonntag verbrachte ich mit Moira. Wir machten einen Ausflug in die Waldgebiete des Nachbarstaates Connecticut und gingen am Abend in Manhattan essen. Dabei wurden wir Zeugen eines Straßenraubs, wie er in der Hudsonmetropole leider an der Tagesordnung ist.

Zwei Jungen von höchstens 18 Jahren rissen einer Frau, die sich in Begleitung eines Mann befand, die Handtasche vom Arm. Der kräftige Riemen hielt zunächst, und die Frau stürzte aufschreiend auf den Gehsteig. Ihr Begleiter reagierte sponton, wollte ihr zu Hilfe kommen und wurde von einem der Mugger kaltblütig mit dem blanken Messer bedroht.

»O Gott«, sagte Moira entsetzt. Sie war Kunsterzieherin an einer Highschool und kannte das Verbrechen bisher nur aus den Zeitungen.

»Halt, Polizei, stehenbleiben«, rief ich und riß den 38er aus der Gürtelhalfter.

Noch vor zwei oder drei Jahren hätten die Youngsters daraufhin die geraubte Tasche weggeworfen und die Flucht ergriffen. Es spricht für die Brutalisierung der Straßenszene, was nun geschah.

Der Messerstecher warf sich neben die am Boden liegende Frau und wollte ihr die Klinge an die Kehle setzen, um sie als Geisel zu nehmen. Sein Komplize griff unter die Jacke und wollte eine Pistole aus dem Hosenbund reißen.

Für mich gab es keine andere Wahl. Es ging um Sekundenbruchteile. So schnell ich konnte, gab ich zwei Warnschüsse ab. Mit der Waffe im Combatanschlag blieb ich feuerbereit stehen. Der Mann mit dem Messer gab erschrocken auf und ließ die schreiende Frau los.

Der andere Mugger warf seine Pistole weg, versuchte aber zu fliehen. Blindlings rannte er los. Doch dabei lief er einem Streifen-Cop genau in die Arme. Indessen hatte ich seinen Kumpan in den Polizeigriff genommen.

Glücklicherweise war wenige Minuten später ein Patrolcar der City-Police zur Stelle. Die Cops übernahmen die beiden Straßenräuber. Ich gab eine kurze Schilderung. Moira und andere Zeugen bestätigten. Die Polizisten in der dunkelblauen Uniform sahen die beiden Mugger kurz an und streiften ihnen die Ärmel hoch.

»Beide süchtig, G-man«, sagte der Streifenführer, ein Corporal. »Es ist immer das gleiche. Sie haben keinen Stoff mehr, kommen auf Turkey, und dann ist ihnen alles egal.«

»Denen ist einfach nicht zu helfen«, bekräftigte der zweite Cop.

»Scheißbullen, Dreckschweine«, brüllte der eine Gefangene mit verzerrtem Gesicht. Er versuchte, sich loszureißen, schlug um sich und spuckte die Cops an. »Wenn ich rauskomme, mache ich so viele von euch fertig, wie ich kann.«

»Wir schicken Ihnen das Protokoll zur Unterschrift ins Office, Mr. Cotton«, meinte der Corporal. »Danke für Ihren Einsatz!«

»Das verdammte Rauschgift läßt sie glatt den Verstand verlieren«, ergänzte der zweite Cop. »Und wenn man sie in eine Entziehungskur bringt, sind sie ein paar Tage nach der Entlassung wieder auf der Nadel.«

Natürlich trübte das für Moira schockierende Ereignis den Rest des Abends. Zwangsläufig drehte sich das Gespräch hauptsächlich um die Problematik der Rückfälligkeit bei Rauschgiftsüchtigen.

»Auch nach der physischen Entgiftung bleibt ein Rest von psychischer Abhängigkeit«, sagte Moira und strich sich das rötliche Haar aus der Stirn. »Solange man die nicht ebenfalls beseitigen kann, wird die Erfolgsquote bei Entziehungskuren gering bleiben.« Sie nahm einen Schluck Wein. »Schrecklich, die beiden jungen Burschen. Sie machten tatsächlich den Eindruck von Raubtieren.«

Treffender hätte man es nicht sagen können. Und natürlich wurde ich wieder an die angeblichen Versuche bei der Benson Pharma erinnert, die in genau jene Richtung zielen sollten. Ich nahm mir vor, morgen wieder zu William Peers zu gehen. Es gab sogar einen guten Grund dafür. Nämlich die Zusammmenkunft des Lagerschefs Farnsworth mit dem Gangster Dotzmann. Mit Sicherheit war es so gewesen. Den Zufall der Begegnung nahm ich Farnsworth nicht ab.

Später fuhr ich Moira nach Hause. Aus dem Ausklang des Abends in ihren Armen wurde nichts. Der Raubüberfall mit allem Drum und Dran hatte ihr die Stimmung verdorben.

»Du bist mir nicht böse, Jerry, daß ich gleich schlafen gehen will?« fragte sie diplomatisch.

»Schon gut«, gab ich zurück und begleitete sie bis vor ihre Wohnungstür, »die Kleine Nachtmusik wäre sicher stimmungsvoller gewesen. Aber was soll man machen? Die Dinge sind nun einmal so.«

»Nett von dir, du hast immer Verständnis.« Sie gab mir einen Kuß, winkte und schloß die Tür hinter sich. Ich hörte sie die beiden Sperrketten vorlegen und die Türstütze einrasten. Auch das war New Yorker Alltag.

Ich schluckte die Enttäuschung über den geplatzten Abend hinunter und beeilte mich, zu meinem Jaguar zu kommen. Flitzer wie er stehen auf der Liste der professionellen Autodiebe obenan. Er war noch da. Auch diese Sorge gehörte seit geraumer Zeit zur Routine des Lebens bei uns.

*

Am nächsten Morgen rief ich vom Office aus Mrs. Dove an und ließ mir einen Termin bei ihrem Chef geben. Nach kurzer Rückfrage bei William Peers bat sie mich, gegen zehn Uhr vorzusprechen.

Es blieb Zeit, mit Phil den neuesten Stand der Sache durchzusprechen. Wir vereinbarten, daß er sich zunächst der Fahndung nach Dotzmann und der Unterhaltung des Mordes an Flora Dobson widmen solle. Angelegentlich erwähnte ich auch den Raubüberfall von gestern abend.

»Diese Süchtigen sind wie lebende Zeitbomben, Jerry. Sie haben keine Arbeit, von einem Zuhause ganz zu schweigen. Sie leben von der Hand in den Mund, und ihr ganzes Sinnen und Trachten läuft darauf hinaus, das Geld für das tägliche Gift zu ergattern, egal wie.«

»Angeblich arbeiten sie bei der Benson Pharma an einem Mittel, das geeignet sein soll, die Rückfallquote nach Entziehungskuren zu senken.«

»Kann ich mir nicht vorstellen. Dabei spielen doch auch psychische Komponenten mit.«

»Ich fahre nachher zu Peers raus. In erster Linie wegen Farnsworth. Wenn der Lagerverwalter eines großen Medikamentenherstellers sich mit einem Gangster aus der Rauschgiftszene trifft, muß das einen Hintergrund haben.«

»Dem werde ich nicht widersprechen«, meinte Phil. »Aber du wirst sicher auch versuchen, etwas über das Gegengift herauszubekommen.«

Mein Kollege sprach damit zum ersten Mal die Bezeichnung aus, die sich im weiteren Verlauf für das Mittel einbürgern sollte.

»Natürlich werde ich mich danach erkundigen. Mal sehen, ob Peers etwas rausläßt. Mir schien, er wollte schon am vergangenen Freitag davon sprechen.«

»Okay, probier das, Jerry! Allein schon das Gerücht könnte in der Unterwelt Aufregung erzeugen. Falls sich so etwas tatsächlich entwickeln ließe, würde es den Gangstern ganz schöne Geschäftsverluste bescheren.«

Etwas später fuhr ich los. Auf dem Weg beschäftigten mich ebenfalls Gedanken über mögliche Auswirkungen der angeblichen Versuche. Bei William Peers begann ich aber zunächst mit einigen Fragen über Walter Farnsworth.

Ich berichtete von dem Treffen des Lagerverwalters mit dem Gangster Dotzman.

»Was wissen Sie über Mr. Farnsworth?«

»Sie verdächtigen ihn?« fragte Peers dagegen. Er trug eine schwarze Krawatte zum Zeichen der Trauer um seine einzige Tochter.

»Zum Spaß wird er sich nicht mit Dotzmann getroffen haben. Die Zusammenhänge geben zu denken. Ich finde, Sie sollten das wissen.«

»Sie denken an den illegalen Medikamentenmarkt, Mr. Cotton. Natürlich weiß ich, daß es viele Möglichkeiten gibt, aus den fabrikmäßig produzierten Arzneimitteln mehr oder weniger wirksamen Ersatz für Rauschdrogen zu machen. Erst kürzlich haben wir auf einer Konferenz unserer leitenden Chemiker und Laborleiter darüber gesprochen. Sie sollten sich einmal mit Doktor Conway unterhalten. Sie ist Spezialistin für dieses Gebiet.«

Wir vereinbarten, daß Farnsworth von jetzt an unauffällig im Werk überwacht werden sollte. Zu diesem Zweck ließ Peers den Leiter des Werkschutzes kommen. Ronald Hoogan, ein unauffällig wirkender Mann mittleren Alters, gab mir einen kurzen Überblick über seine Abteilung.

»Das wird eine Sache für unsere Zivilfahndung, Mr. Cotton. Wir haben drei Mann. Ihre Aufgabe ist es zum Beispiel, Diebstähle von Belegschaftsmitgliedern innerhalb des Werkes aufzuklären. Ich werde die Leute verstärkt auf den Bereich des Auslieferungslagers ansetzen.«

»Ihren Leuten obliegt auch die Bewachung des Speziallabors«, sagte ich ohne besondere Betonung. Der Gag war beabsichtigt. Ich wollte sehen, wie er ankommen würde. Er wirkte deutlich.

»Welches Labor meinen Sie?« erkundigte sich Peers erstaunt.

»Das, worin an der Entwicklung des Mittels zur Verminderung der Anfälligkeit von Süchtigen nach Entziehungskuren gearbeitet wird.«

Hoogan und sein Chef wechselten einen raschen Blick.

»Woher wissen Sie davon?« fragte Peers betroffen. »Wir haben über das Projekt die höchste Geheimhaltungsstufe verhängt.«

»In der Unterwelt redet man bereits darüber. Ich weiß es von einem Informanten. Das Werk scheint undicht zu sein.«

Eine Diskussion darüber schloß sich an, wie die Nachricht an die Unterwelt gelangt sein könnte. Wir kamen zu keinem genauen Ergebnis.

»Im Speziallabor arbeiten 17 Leute«, faßte Peers schließlich zusammen. »Zwar vertraue ich jedem von ihnen, aber welcher Mensch kann schon wirklich schweigen! Außerdem gibt es natürlich andere, die sich einen Reim auf die Arbeiten machen. Nun, sollen sich die Gangster die Köpfe darüber zerbrechen!«

Hoogan wurde über Telefon zu einer dringenden Sache gerufen. Er ging. Ich blieb mit Peers allein. Schon bald lud er mich zu einem Besuch des Speziallabors ein.

Wir gingen durch die Werkanlagen. Im Vorbeigehen gab mir Peers kurze Hinweise auf die einzelnen Komplexe. Wir erreichten das erst vor einem Jahr fertiggestellte neue Laborgebäude. In seinem obersten Stock lag die Spezialabteillung. Sie war nur über einen einzigen Korridor erreichbar. Am Eingang befand sich eine gesonderte Tür. In einem Glasverschlag saß ein Mann des uniformierten Werkschutzes.

Peers nickte ihm zu. Der Wächter öffnete sein Schalterfenster.

»Darf ich fragen, wer dieser Gentleman ist, Sir?« Er wies auf mich.

»Mr. Cotton vom FBI.«

»Darf ich Ihre Legitimation sehen, Sir?«

Ich zeigte meine ID-Gard.

»Sie können passieren.«

Wir gingen hindurch, nachdem der Wächter den Türöffner betätigt hatte. Im Vorbeigehen sah ich, wie er meinen Namen in das Wachbuch eintrug.

»Sie sehen, wir nehmen es genau«, meinte Peers.

Von dem Korridor zweigten zu beiden Seiten Türen ab. Eine davon stand offen. Ich hörte aus dem dahinterliegenden Raum Kratzen und Quieken.

»Die Versuchtstiere«, erläuterte Peers.

Eine junge Frau im weißen Kittel kam heraus. Sie trug zwei weiße Kaninchen in besonderen Behältern. Als sie den Chef sah, grüßte sie. Peers grüßte zurück.

»Wo ist Doktor Conway?«

»Ich glaube, beim Elektronenmikroskop, Sir.«

»Danke«, Peers deutete nach vorn. »Da können Sie gleich mal unsere Einrichtung sehen. Wir haben an nichts gespart.«

Wir kamen zu einer weiteren Tür. Darüber leuchtete rot ein Transparent. KEIN EINTRITT.

»Wir können schon.« Peers machte die Tür leise auf. Wir betraten einen abgedunkelten großen Raum. Leises

Summen lag darüber. Als sich meine Augen angepaßt hatten, erkannte ich undeutlich mehrere Tische mit undefinierbaren Maschinen darauf. Vor einem von ihnen saßen ein Mann und eine Frau. Beide beobachteten den grünlich leuchtenden Sichtschirm eines Rasterelektronenmikroskops.

»Lassen Sie sich nicht stören, Doktor!« sagte Peers leise.

Die Frau nickte grüßend. Dann wandte sie sich wieder dem Schirm zu. Er zeigte eine für mich undefinierbare Struktur.

»Gehen Sie auf 50 000!« sagte sie zu dem Mann neben sich. Sie hatte eine dunkle volltönende Stimme.

»Okay.«

Schalter knackten. Das Bild flackerte. Die Struktur verschwand. Dann stabilisierte es sich wieder. Auch jetzt konnte ich nur ein Durcheinander von Strängen und Knoten erkennen.

»Wie bei den letzten Versuchen, Tricia«, sagte der Mann mit Enttäuschung in der Stimme. »Strukturelle Veränderungen im Gebiet der Synapsenspalten. Sie scheinen schmaler geworden zu sein.«

»Vergrößern Sie weiter, Pete!«

Wieder flackerte das Bild.

»80 000!«

Es gab eine Pause.

»Das sind Doktor Conway und ihr Stellvertreter Doktor Skyrold«, flüsterte mir Peers zu. »Sie untersuchen Nervengewebe aus den Gehirnen von Versuchstieren.«

»Sie haben recht, die Synapsenspalten sind enger«, sagte Doktor Conway. »An manchen Stellen sind sie ganz verschwunden.«

»Das bedeutet ständigen Kontakt mit dem betreffenden Neuron«, sagte Skyrold.

»Und praktisch Kurzschluß«, ergänzte Doktor Conway. »Das erklärt die Konvulsionen.« Sie ließ einige Sekunden verstreichen. »Wir können aufhören.«

»Okay, die Bilder sind auf dem Videoband«, sagte Skyrold. Er schaltete das Elektromikroskop aus und ließ die Deckenbeleuchtung aufflammen. Die beiden standen auf. Peers stellte mich den Wissenschaftlern vor. Wir schüttelten uns die Hände.

Doktor Skyrold war ein schlanker Intellektuellentyp mit randloser Brille. Er mochte 45 Jahre alt sein und wirkte unauffällig. Tricia Conway dagegen nahm mich sofort durch ihre Erscheinung gefangen.

Beherrschend an ihr waren die hellgrauen Augen. Sie saßen unter geschwungenen Brauen. Eine gerade Nase, die vollen Lippen und die dunkle kurze Frisur paßten zu ihrer Figur, die bei aller Fraulichkeit sportliches Training verriet. Sie schien Humor zu besitzen.

»Sind wir gefährdet, Mr. Cotton?« fragte sie, als wir den Raum des Elektronenmikroskops verließen. »Oder interessiert sich der FBI bereits für unsere Versuche?«

»Ich jedenfalls tue es, Doktor«, gab ich zurück. »In meinem Job sieht man tagtäglich die verheerenden Folgen des Rauschgifts.«

»Mr. Cotton versuchte Joan zu retten«, erläuterte Peers. Er umriß die Vorgänge vom vergangenen Donnerstagabend. »Er hat mich heute wegen einer anderen Angelegenheit aufgesucht, aber ich wollte ihm auch etwas von unseren Arbeiten an C.H. zeigen.«

»C.H. bedeutet Counter Heroin«, sagte Doktor Conway. Sie blickte Peers an und schien unschlüssig, was sie mir über das Projekt mitteilten solle.

»Sie können Mr. Cotton alles sagen, Tricia«, sagte Peers. »Er interessiert sich dafür, und in der Unterwelt redet man auch schon über unsere Arbeiten.«

»Ist das wahr?« Tricia sah mich fragend, fast bestürzt an.

»Der Informant ist zuverlässig, Doktor. Und Mr. Peers

hat recht. Das Projekt interessiert mich wirklich.«

»Was wollen Sie wissen, Mr. Cotton?«

Wir waren in einen großen Arbeitsraum gekommen. Durch breite Glaswände fiel Licht. Tricia wies auf eine Sitzgruppe in der Ecke. Wir nahmen Platz.

»Alles, was ich verstehen kann. Soweit ich weiß, bleibt ein Rauschgiftsüchtiger auch nach der Entziehungskur in einer gewissen Abhängigkeit von der Droge. Ich meine, er ist rückfallgefährdet.«

Tricia nickte. Ich hatte nur noch Augen für sie. Wie alt mochte sie sein?

»Wie wollen Sie hier mit einem Medikament einwirken?« stellte ich die Kardinalfrage.

»Sie wissen, was Psychopharmaka sind?« fragte Skyrold.

»Natürlich, es sind kompliziert aufgebaute chemische Verbindungen, die auf das Gehirn einwirken.«

»Hier liegt unsere Hauptschwierigkeit«, sagte Tricia. Sie hatte die Beine übereinandergeschlagen und rauchte eine Zigarette. Ich bedauerte, daß die langen Hosen des weißen Laboranzugs kaum etwas freigaben. »Leider ist das menschliche Zentralnervensystem noch längst nicht völlig erforscht. Wir bewegen uns größtenteils auf Neuland.«

»Man kann manches im Gehirn chemisch beeinflussen, da es, grob gesprochen, teilweise auf chemisch-elektrische Weise funktioniert«, meinte Peers.

»Aber das ist eben nicht alles«, fuhr Tricia fort. »Darüber hinaus gibt es beim Menschen einen nicht genau zu bestimmenden Faktor. Nennen Sie ihn Seele, Geist oder Psyche, meinetwegen Verstand. Er ist maßgeblich am Geschehen im Gehirn beteiligt und läßt sich mit Chemikalien normalerweise nicht, manchmal teilweise, vor allem aber nur zeitlich begrenzt beeinflussen.«

»Sucht im allgemeinen liegt mitten in diesem Komplex«, ergänzte Skyrold.

»Wir versuchen also etwas in unserem Sinn zu beeinflussen, das wir noch nicht einmal erklären können«, meinte Tricia.

»Wo liegen die größten Schwierigkeiten?« wollte ich wissen.

»Eine genaue Beschreibung würden Sie nicht verstehen, Sie sind kein Hirnphysiologe. Nun, wir haben einen Weg als erfolgversprechend erkannt. Leider reagieren die Gehirne unserer Versuchstiere häufig mit einer Art Kurzschluß. Das Tier geht unter akuten Krampfanfällen ein.«

»Und wir wissen noch nicht, wie diese unerwünschte Nebenwirkung zustande kommt«, schloß Doktor Skyrold.

»Also noch keine Anwendung am Menschen?«

»Ich würde es keinesfalls riskieren«, meinte Skyrold. »Allerdings gibt es auch hier wieder unbekannte Größen.«

»Wenn ein Versuchtsier so und so reagiert, selbst wenn man einen Primaten, einen Menschenaffen, dazu verwendet, ist nicht unbedingt gesagt, daß auch ein Mensch in dieser Weise reagieren muß«, erkärte Tricia. Sie lächelte. »Aber von einer klinischen Erprobung sind wir noch weit entfernt. Wir haben lediglich eine Richtung gefunden, in der es sich lohnt weiterzugehen.«

»Wären wir etwas weiter gewesen, so hätte C.H. vielleicht Joan retten können«, sagte Peers bitter. »Ich glaube, sie hätte dem Versuch zugestimmt. Ich sah sie zum letzten Mal zwei Monate vor ihrem Tod.«

»Als sie wieder eine Entziehungskur hinter sich gebracht hatte«, warf Tricia ein. »Mr. Peers sagte damals, sie sei zuversichtlich gewesen, die Drogenabhängigkeit nun endlich besiegt zu haben.«

Ich schwieg. Was sollte ich dazu sagen? Die letzten Minuten der unglücklichen Joan standen mir deutlich vor Augen.

Als ich eine halbe Stunde später die Benson Pharma verließ, wußte ich alles über C.H., was man ohne Fachwissen verstehen konnte. Ich nahm einen sympathischen Eindruck von Tricia Conway mit und gestand mir ein, daß ich sie gern zum Essen eingeladen hätte.

Auf dem Weg zum Firmenparkplatz begegnete mir der Werkschutzleiter Hoogan. Wir nickten uns zu.

*

Wenige Stunden später, gegen vier Uhr nachmittags, verließ Jennifer Hoogan das Brooklyn State Hospital, wo sie zur Kinderkrankenschwester ausgebildet wurde. Ihr Nachhauseweg führte sie zwei Häuserblocks weit zum Linden Boulevard, wo die nächste Bushaltestelle lag. Kurz vorher trennte sie sich von zwei Kolleginnen, auf die ein Freund mit dem Auto wartete.

Der Gehsteig in der mäßig breiten Utica Street war ziemlich bevölkert. Deshalb achtete Jennifer auch nicht auf die Fußgänger in ihrer unmittelbaren Nähe. Sie wurde erst aufmerksam, als zwei von hinten kommende Männer sie in die Mitte nahmen. Die beiden gingen auf Tuchfühlung.

»Was wollen Sie?« fragte das Mädchen ungehalten.

»Du kommst mit uns«, antwortete der eine, ein jüngerer Mann mit lockiger Frisur. »Mach keine Zicken! Sonst gibt es heute einen Mord mehr in New York. Das ist kein Spaß. Sieh her!« Er lüftete ein wenig den hellen Trenchcoat, den er über dem rechten Unterarm trug. Voll Schrecken sah Jennifer den kurzläufigen Revolver in seiner Faust. Sie erkannte auch den aufgesetzten Schalldämpfer.

Von ihrem Vater hatte sie einmal gehört, daß ein Schuß aus einer schallgedämpften Faustfeuerwaffe von nicht zu großem Kaliber sich ganz anders anhöre und gar nicht als Schuß erkannt werde. Sie wußte also, daß der

Kerl seine Drohung jederzeit wahrmachen konnte. Zudem schnürte ihr die Angst die Kehle zu. Sie blockierte ihr Denken und machte sie unfähig zu jeder klaren Überlegung, die vielleicht doch noch eine Flucht ermöglicht hätte. So ging sie zwischen den beiden Männern bis zu einem in der Nähe geparkten Wagen. Ihre Gedanken kreiselten durcheinander. Sie fragte sich, ob sie träume.

Der Ältere der beiden öffnete die rechte hintere Tür des Autos. Der Jüngere schob das Mädchen hinein und setzte sich neben sie. Die mit dem Mantel getarnte Waffe blieb auf sie gerichtet.

Der Ältere ging um den Wagen herum, setzte sich hinter das Lenkrad und fuhr los. Seitdem sich Jennifer von ihren Kolleginnen verabschiedet hatte, waren keine zwei Minuten vergangen. Kein Passant hatte die Entführung bemerkt.

»Runter auf den Boden!« befahl der Jüngere nach ein paar Minuten. Er reichte ihr eine schwarze Schlafmaske. »Aufsetzen!«

Jennifer gehorchte zitternd. Erregung und Furcht hatten ihr Mund und Kehle ausgetrocknet. Sie befand sich in einem panikartigen Zustand, der noch dadurch verstärkt wurde, daß sie zur Bewegungslosigkeit gezwungen war. Hinzu kam das Fehlen jeder Erklärung für ihre Entführung. Die Angst drohte sie um den Verstand zu bringen.

*

Eine Stunde später klingelte im kleinen Reihenhaus der Hoogans in dem östlichen Vorort Valley Stream das Telefon. Mrs. Hoogan nahm ab.

»Sind Sie Mrs. Hoogan?« fragte ein Mann.

»Ja, wer spricht da?«

»Unwichtig. Hören Sie zu! Wir haben Ihre Tochter und wollen was von Ihrem Mann, haben Sie verstanden?«

»Aber wir haben kein Geld.«

»Es geht nicht um Geld. Wenn Sie Jennifer gesund wiedersehen wollen, benachrichtigen Sie nicht die Polizei! Ihre Tochter stirbt, sobald wir etwas von polizeilicher Tätigkeit merken, ist das klar?«

»Ja«, brachte Mrs. Hoogan heraus.

»Damit Sie uns glauben, können Sie jetzt kurz mit Jennifer sprechen. Los, Mädchen, rede mit deiner Ma!«

Mrs. Hogan hörte, wie der Hörer übergeben wurde.

»Hallo, Mam, bist du das.« Es war Jennifers Stimme, ohne Zweifel. Sie klang belegt und weinerlich, aber sie war es.

»Kind, geht es dir gut?« fragte Mrs. Hoogan. Sie hatte sich inzwischen gefaßt und zwang sich zu Ruhe.

»Ja, Mam. Sie tun mir nichts, wenn Dad macht, was sie sagen. Ich . . .«

»Hören Sie!« meldete sich wieder der Mann.

»Ich bin da.«

»Wir rufen Ihren Mann heute abend an. Er soll zu Hause bleiben. Es geht nicht um Geld. Wenn er tut, was wir wollen, geschieht dem Girl nichts. Und keine Polizei, sonst können Sie gleich einen Sarg kaufen! Haben Sie verstanden?«

»Ich habe verstanden«, sagte Mrs. Hoogan mit trockener Kehle.

»Okay.«

Es knackte. Die Verbindung war getrennt. Mrs. Hoogan setzte sich auf den kleinen Stuhl neben dem Telefon. Ihre Knie drohten nachzugeben.

Jennifer war ihre einzige Tochter. Zwei Fehlgeburten waren ihr vorausgegangen.

Das Leben des Mädchens war bisher ohne Probleme verlaufen. Und nun das!

Nach kurzer Überlegung rief sie ihren Mann im Werk an.

»Ron, Jennifer ist entführt worden. Ich habe mit ihr gesprochen. Sie wollen kein Geld. Du sollst etwas für sie tun.«

»Und natürlich keine Polizei!«

»Ja, sie rufen heute abend an.«

»Gut, Ann, reg dich nicht auf!« Hoogan behielt die Nerven. »Ich komme gleich nach Hause. Bleib ruhig und unternimm nichts, hörst du?«

»Sollen wir nicht doch die Polizei verständigen, Ron? Du warst doch früher selbst . . .«

»Nichts überstürzen, Ann!« beschwor sie ihr Mann. »Wir wollen erst mal hören, worum es denen geht. Vielleicht kann man da dann einhaken.«

*

Am Montagabend ging ich in ein Warenhaus, um mir einige Hemden zu kaufen.

Zufällig traf ich im Fahrstuhl Tricia Conway.

»Hallo, Doktor Conway«, sagte ich, als ich beim Hinausgehen aus der Kabine erkannte, wer die Frau mit der kurzen Frisur war. »Nett, Sie so bald wieder zu treffen.«

»Danke, Mr. Cotton.« Sie lächelte flüchtig. »Haben Sie etwa auch hier zu tun?«

»Nicht dienstlich.« Ich erklärte den Grund meines Hierseins.

»Haben Sie es sehr eilig?«

»Warum?« fragte sie von der Seite. Wir gingen nebeneinander her.

»Ich möchte Sie zum Essen einladen. Haben Sie Zeit?«

Tricia antwortete nicht sofort. Sie blickte geradeaus. Dann wandte sie sich mir zu.

»Gehen Sie die Dinge immer so schnell an?« Es klang belustigt, aber nicht ablehnend.

»Falls es erforderlich ist, Doktor. Aber ich möchte nicht aufdringlich sein. Vielleicht wartet Ihre Familie auf Sie.«

»Ich habe keine. Dafür habe ich Zeit. Okay, angenommen. Aber vorher muß ich noch einen kaputten Taschenrechner umtauschen. Ich habe ihn meiner Nichte zum Geburtstag geschenkt und hier gekauft.«

»Das freut mich, Doktor.«

»Tricia für Sie. Den Doktor muß ich mir in der Firma schon oft genug anhören, Mr. Cotton.«

»Für Sie Jerry. Essen Sie gern italienisch? Ich kenne ein nettes Lokal an der 46th Street.«

»Sehr gut, ich habe ziemlichen Hunger.«

Wir fuhren zu Mario. Bald befanden wir uns in angeregter Unterhaltung. Sie drehte sich um die Rauschgiftszene im allgemeinen und Tricias Arbeit im besonderen. Das Essen und der Wein waren ausgezeichnet. Fast zwangsläufig kamen wir auf die unglückliche Joan Peers zu sprechen.

»Es hat ihn sehr mitgenommen, er zeigt es nur nicht«, sagte Tricia. »Seine Frau verließ ihn vor ein paar Jahren. Die Tochter bedeutete ihm sehr viel.«

»Wäre sie zu retten gewesen?«

»Medizinisch ganz sicher, Jerry. Aber Sie kennen das eigentliche Problem. Die Droge bewirkt nicht nur körperliche Schäden, unter ihrer Einwirkung findet auch ein Zerfall der Persönlichkeit statt. Damit steigt die Gefahr der Rückfälligkeit. Hier mit einem Medikament einzugreifen, ist schwer, vielleicht unmöglich.«

»Gibt es bis jetzt gar keine Erfolge?«

»Ein Weg zeichnet sich ab. Wir müssen ihn verfolgen. Ob er der richtige ist, wird sich vielleicht erst nach langer Forschungsarbeit zeigen.«

Tricia verstand es, die Probleme ihrer Arbeit auch für mich als Laien verständlich darzustellen. Mein Interesse wuchs.

Nebenbei erfuhr ich, daß mein charmantes Gegenüber unverheiratet war, vor einiger Zeit eine Enttäuschung mit einem Mann erlebt hatte und nicht beabsichtigte, sich so bald der Möglichkeit einer neuen auszusetzen.

Sie nahm eine Zigarette, ließ sich Feuer geben und berührte dabei für einen Moment meine Hand.

Seit langem wußte ich, daß eine kameradschaftliche Beziehung ebenso erfreulich sein konnte wie eine, bei der es in die vollen ging. Ich sagte es Tricia und sie war erfreut.

»Sind Sie schon müde, Jerry?«

»Nicht besonders, der Tag war Routine. Warum fragen Sie?«

»Hätten Sie Lust, mit mir noch ins Labor zu kommen? Mir ist bei unserem Gespräch ein Gedanke gekommen, und den möchte ich gleich nachprüfen. Dabei könnte ich Ihnen noch dies und jenes zeigen.«

»Gern, aber geht das denn so ohne weiteres?«

»Sicher, ich habe jederzeit Zutritt. Um meine Nachtruhe machen Sie sich keine Sorgen! Ich komme mit wenig Schlaf aus, und außerdem ist morgen mein freier Tag.«

»Fein.« Ich sah auf die Uhr. »Gleich neun. Aber der Nachtisch fehlt noch.«

»Lassen wir uns Zeit, Jerry, der Abend gefällt mir.«

*

Ronald Hoogan war in einer nahezu verzweifelten Stimmung, als er gegen neun Uhr auf dem jetzt verlassenen Parkplatz eines Verbrauchermarktes in Queens die Abfallkörbe, von links beginnend, abzählte.

Zwei Stunden vorher hatte er zu Hause telefonisch die Anweisungen der Kidnapper entgegennehmen müssen. Sie hatten ihm beschrieben, ab wann und wo er die Funkwanze finden könne.

»Sie verstecken das Ding in dem Speziallabor an einer Stelle, wo wichtige Gespräche geführt werden«, hatte ein Mann gesagt. »Am besten im Arbeitsraum von Doktor Tricia Conway. Wenn Sie fertig sind, stellen Sie sich in die Mitte des Raumes und zählen halblaut bis 30. Wir kontrollieren den Empfang. Warten Sie dann auf unseren Anruf! Er wird gleich danach erfolgen. Anschließend können Sie gehen.«

Hoogan hatte sich zunächst gesträubt und versucht, das Vorhaben als undurchführbar hinzustellen. Der Sprecher war jedoch gut über die Verhältnisse der Firma unterrichtet gewesen.

»Sie als Chef des Werkschutzes können zu jeder Zeit jeden Raum betreten. Keine Rede, daß das auffällt. Im Gegenteil, man wird Sie für Ihren Eifer loben. Welcher Leiter eines Firmensicherheitsdienstes macht das schon!«

»Ich kann Sie betrügen.« Hoogan hatte auf diese Weise herauszufinden versucht, wie der Aktionsplan der Gangster ungefähr aussah. Die Antwort hatte an Deutlichkeit nichts zu wünschen übriggelassen.

»Aber das werden Sie doch nicht tun, wo wir Ihre Tochter haben! Wenn Sie nicht spuren, lassen wir sie es entgelten. Seien Sie versichert, Hoogan, Sie werden sie dann nicht mehr lebend wiedersehen. Also, es liegt bei Ihnen.«

Angesichts dieser massiven Drohung war er in seinem zunächst gefaßten Entschluß, seine früheren Kollegen von der Polizei doch zu verständigen, schwankend geworden. Ein Briefumschlag mit abgeschnittenen Haaren Jennifers und einer Tonbandkassette, auf der sie ihn flehentlich bat, die Anweisungen der Entführer zu befolgen, hatte den Ausschlag gegeben. Und nun tastete er in dem 19. Abfallkorb nach einer kleinen Schachtel.

Er fand sie rasch, steckte sie ein und ging zu seinem Wagen zurück. Die Schachtel enthielt eine batteriegespeiste Funkwanze neuesten Typs. Das winzige Mikrofon und der Minisender hatten zusammen etwa die Größe einer Zündholzschachtel.

Hoogan fuhr in die Firma. Dem Schichtführer vom Nachtdienst sagte er etwas von stichprobenartigen Kontrollen, die Mr. Peers angeordnet habe.

»Wohl wegen des Speziallabors, was?« fragte der andere.

»Das auch.« Hoogan wandte sich ab. Er fürchtete, der Kollege könne aus seinem Gesicht lesen, daß etwas nicht in Ordnung war. Seine Hand schloß sich um den Minispion in der Jackettasche. »Geben Sie mir den Hauptschlüssel! Dann gehe ich mal los.« Er sah auf die Digitaluhr an der Wand. Es war kurz nach zehn.

»He«, sagte sein Kollege erstaunt, »wer kommt denn da noch?«

Vor dem Hauptportal waren zwei Personenwagen vorgefahren. Er kniff die Augen zusammen. »Das ist doch Doktor Conway!«

*

»Guten Abend«, sagte Tricia, als wir das Wachhäuschen betraten. »Ich gehe noch mal rauf ins Lab. Mr. Cotton begleitet mich, er ist vom FBI.«

Ordnungshalber zeigte ich dem Wachhabenden meine ID-Card und nickte Hoogan zu. Flüchtig fragte ich mich, was er um diese Stunde noch in der Firma tat, wo er doch bereits am Vormittag dagewesen war. Er wirkte müde und abgespannt.

»Überarbeiten Sie sich nicht, Doktor«, rief er hinter uns her. Es sollte ein Scherz sein, klang aber unecht und gewollt.

Wir gingen in den neuen Bau und fuhren zum Labortrakt hinauf. Während der Nacht saß hier kein Posten. Tricia öffnete mit ihrem Hauptschlüssel, der für alle Türschlösser des Labors paßte. Sie machte Licht. Wir traten ein.

»Sie können sich gern umsehen, Jerry, aber fassen Sie bitte nichts an!« meinte Tricia. »Mich finden Sie in meinem Arbeitsraum.«

»Worum geht es Ihnen im Moment?«

»Ich will mir die letzten Fotos der Gehirnproben noch mal ansehen und sie mit früheren vergleichen. Mir scheint, ich habe etwas übersehen. Es handelt sich um eine physiologische Einzelheit und wird Sie nicht interessieren.«

Ich ging trotzdem zu Tricia und stellte mich hinter sie, während sie mehrere Stapel von Aufnahmen durchmusterte. Sie erklärte mir einiges, und wir unterhielten uns dabei.

Im stillen bewunderte ich sie. Neben einem abgeschlossenen Chemiestudium mit Promotion hatte sie auch den Doktorgrad in Humanmedizin erworben.

»Ich war früher mal sehr ehrgeizig. Mit der Zeit flaut das aber ab.«

»Aber wir sind im Lab, und es ist Mitternacht«, konterte ich lächelnd.

»Hier geht es um Menschen und einen wahren Berg von Elend.« Sie hob den Blick zu mir. »So etwas spornt enorm an. Auch morgen werde ich ein paar Stunden zu Hause Protokolle durchgehen.«

Es war gegen eins, als wir das Werk verließen. Eine Anzahl von Leuten der Abteilungen, die rund um die Uhr produzierten, hatte Schichtwechsel. So herrschte am Haupttor Betrieb. Wir wurden kaum beachtet. Der kontrollierende Pförtner nickte uns zu. Ich bemerkte bei einem zufälligen Seitenblick Hoogan, der weiter hinten über den gut beleuchteten Hof ging. Wieder fragte ich mich, was er jetzt noch in der Firma tue.

Ich wollte Tricia zu ihrem kleinen Sportwagen bringen, aber sie steuerte auf meinen Jaguar zu. Es regnete leicht, und sie schlug den Kragen ihrer dunkelbraunen Nappalederjacke hoch.

»Noch eine Zigarette unter Ihrem Dach, Jerry!«

»Gern.« Ich schloß die Tür auf, ließ sie einsteigen und setzte mich dann hinter das Steuer.

»Fahren wir doch auf die andere Seite des Werks, Jerry! Hier kann uns jeder sehen. Die denken sonst, ich knutsche mit Ihnen.«

»Auf jeden Fall sollte man das nicht vor dem Haupttor tun«, stimmte ich lachend zu. Tricias Gefühle waren zu verstehen, und ich respektierte sie. Ich fuhr in eine Nebenstraße auf der Gegenseite des Werkskomplexes. Wir unterhielten uns. Die Atmosphäre war nett und entspannt. Die Zeit verging.

»Was ist denn das hier?«

Tricia hatte beim schwachen Licht der Straßenbeleuchtung das Armaturenbrett meines Flitzers betrachtet. Jetzt deutete sie auf den Spezialempfänger, den ich neben dem Funksprechgerät für den Polizeifunk und dem Autotelefon noch im Wagen hatte.

»Man kann damit die Frequenzbänder abhören, die über dem normalen Ultrakurzwellenbereich liegen. Ich benütze ihn selten. Es ist fast nur Spielerei.«

»Was kann man damit hören?« erkundigte sich Tricia interessiert.

»Zum Beispiel den Flugfunk.«

Ich schaltete das Gerät ein und stellte eine der Towerfrequenzen des Kennedy Airport ein. Wir horchten einige Minuten auf die nahezu pausenlosen Durchsagen der Towerlotsen und der Piloten landender oder startender Airliner.

Dann spielte Tricia selbst ein wenig herum. Plötzlich ließ sie den Knopf des Tuners los. Aus dem Lautsprecher des Empfängers kam eine halblaute Männerstimme. Sie zählte.

». . . 17 . . . 18 . . . 19 . . . 20 . . . 21 . . .« Es ging bis 30. Dann war Stille.

»Aber das klang doch wie Hoogans Stimme«, sagte Tricia überrascht. »Oder ich müßte mich sehr irren. Können Sie sich vorstellen, was das bedeutet, Jerry?«

Auch ich glaubte die Stimme des Werkschutzleiters erkannt zu haben. Rasch notierte ich mir die Frequenz des

Senders, über den der Mann gesprochen hatte. Sie lag bei 458,5 Megahertz. Wir horchten gespannt, aber es kam nichts mehr. Zufällig blickte Tricia aus dem Fenster hinüber zum Werk. Der Neubau, in dem sich auch das Speziallabor befand, lag etwa hundert Yard entfernt.

»Da ist Licht in meinem Arbeitszimmer«, sagte sie höchst überrascht. Sie wies schräg nach oben. Auch ich sah die zwei erleuchteten Fenster. Jetzt wurden sie dunkel. »Was in aller Welt soll das heißen?«

»So verfährt man, wenn man einen Sender ausprobiert. Sagen Sie, Tricia, wo besprechen Sie mit Ihren Kollegen wichtige Fragen des Projekts C.H.?«

»In meinem Büro. Worauf wollen Sie hinaus?«

»Wer kann eben dort gewesen sein?« fragte ich dagegen.

»Nur jemand vom Werkschutz.«

»Also Hoogan zum Beispiel. Sind solche Runden bei Nacht üblich?«

»Ich weiß es nicht.« Tricia war irritiert. »Bis jetzt habe ich noch keinen Wächter in der Nacht dort getroffen.«

»Waren Sie schon öfter des Nachts hier?«

»Nein, nur ein paarmal in einigen Monaten.«

Ich hatte während des kurzen Gesprächs das Gebäude nicht aus den Augen gelassen. Kein anderes Fenster war hell geworden. Also handelte es sich auch nicht um die normale Runde eines Wächters. Jemand mußte in Tricias Arbeitsraum etwas zu suchen gehabt haben.

Der Rest war nicht schwer zusammenzureimen. Ich erklärte es Tricia mit kurzen Worten.

»Er hat in Ihrem Büro einen Minispion angebracht, und das Zählen vorhin diente der Prüfung, ob die Funkverbindung auch in Ordnung ist.«

»Die Funkverbindung wohin? Wie weit reicht ein solches Ding?«

»Nicht sehr weit, vielleicht eine oder zwei Meilen. Ich glaube aber, der Empfänger befindet sich nur ein paar hundert Yard vom Sender entfernt. In einem Auto, gekoppelt mit einem Bandgerät. Was hereinkommt, wird mitgeschnitten.«

»Aber wieso Hoogan?« fragte Tricia. »Es kann sich doch nur um einen Auftrag der Unterwelt handeln. Das Motiv ist mir allerdings klar. Man will wisssen, was wir machen und wie weit wir sind. Sie hatten doch auch den Eindruck, es sei Hoogans Stimme gewesen.«

»Ja, und alles paßt zusammen. Er als Chef des Werkschutzes kann am ehesten eine Wanze verstecken, ohne Aufsehen zu erregen.«

»Aber das ist unglaublich«, sagte Tricia entrüstet. »Wem soll man denn noch vertrauen, wenn selbst auf den Leiter des Werkschutzes kein Verlaß mehr ist!«

»Mir zum Beispiel«, sagte ich. »Aber zunächst müssen wir festzustellen versuchen, ob die Wanze sich wirklich in Ihrem Büro befindet.«

»Gehen wir rauf und suchen sie! So viele Winkel gibt es dort nicht. Die Einrichtung ist modern und glattflächig.«

»Das Ding zu suchen und zu entfernen, wäre das Dümmste, was wir tun könnten. Die Gegenseite wäre gewarnt und würde andere Wege beschreiten, um an die gewünschten Informationen zu kommen. Aber gehen Sie bitte allein noch mal rauf. Sie haben etwas vergessen. Bringen Sie nachher sichtbar einige Schriftstücke mit heraus! Machen Sie im Büro etwas Lärm, rascheln Sie, machen Sie Schubladen geräuschvoll zu, aber sagen Sie kein Wort! Es ist möglich, daß die Gegenstelle rund um die Uhr auf Empfang steht.«

»Aber das hat doch nur während der Bürostunden Sinn.«

»Sie haben keine Ahnung, was die Mikroelektronic heute ermöglicht.«

Während ich Tricia zum Haupttor zurückfuhr, gab ich ihr einen kurzen Überblick der gängigen Abhörmethoden mittels Minispionen. Dann ließ ich sie aussteigen, nachdem wir vereinbart hatten, morgen zu telefonieren. Natürlich wußte sie auch, daß sie bis auf weiteres in ihrem Büro nichts Wichtiges mehr bereden durfte, jedenfalls nichts, was der Wahrheit entsprach.

»Wenn Sie eine falsche Fährte legen wollen, okay«, sagte ich ihr zuletzt. »Irgend etwas muß in Ihrem Arbeitsraum ja besprochen werden! Sonst schöpfen die Gangster Verdacht. Weihen Sie so wenige Leute wie möglich ein, und denken Sie auch beim Telefonieren daran, was Sie sprechen.«

»Das Telefon ist nicht zufällig auch angezapft?«

»Glaube ich nicht. Die Sprechprobe vorhin weist in eine andere Richtung. Es ist für die anderen auch interessanter, Ihre Gespräche mit den Mitarbeitern aufzuzeichnen als das, was Sie am Telefon sagen.«

»Okay, Jerry, danke für den Rat. Es ist gut zu wissen, daß es Sie gibt.«

Sie überließ es mir, die richtige Deutung zu finden, und ging über den um diese Zeit fast leeren Firmenparkplatz hinüber zum Haupttor.

Ich fuhr los, stoppte aber nach einer Viertelmeile. Natürlich horchte ich, ob der Spezialempfänger etwas auffangen würde.

Der Versuch klappte. Deutlich hörte ich ein leises Türklappen, dann sich nähernde Schritte aus dem Lautsprecher. Die Wanze war also ziemlich empfindlich. Nun ein weiteres Türklappen, lauter. Tricias Schritte auf dem Kunststoffboden. Papiergeraschel und das laute Zuschieben von Schubladen. Ich hatte richtig getippt. Der Minispion befand sich irgendwo im Büro der Laborchefin.

Ich blieb noch einige Minuten auf Empfang und hörte Tricia ihr Büro wieder verlassen. Dann wurde es ruhig im Lautsprecher.

Den Empfänger zu suchen, war aussichtslos. In Reichweite der Funkwanze befanden sich ein paar hundert geparkte Wagen. In jedem konnte die Empfangsstation sein. Ich mußte vielmehr versuchen, über Hoogan an die Gangster heranzukommen. Hier gab es ein Geheimnis. Ohne gewichtigen Grund arbeitete der Mann nicht für die Unterwelt!

Auch während ich nach Hause fuhr, ging mir der Fall nicht aus dem Kopf. Denn da war noch etwas . . .

Tricia hatte beiläufig von dem für sie unverständlichen Anruf einer Mrs. Farnsworth berichtet. Die Frau hatte ihren Namen genannt und Tricia bezichtigt, mit ihrem Mann ein Verhältnis zu haben. Möglicherweise handelte es sich um die Frau des Leiters des Auslieferungslagers. Aber welche Querverbindung gab es hier?

*

»Klappt doch prima, was?«

Gino Brolli ließ das kurze Bandstück mit Hoogans Zählprobe ablaufen. Jedes Wort war deutlich zu verstehen. Er grinste zu Buck Owen hinüber, der hinter dem Steuer saß.

»Und wer setzt sich von morgen an den ganzen Tag über hier in die Karre?« wollte der gedrungene Gangster wissen.

»Wir machen es abwechselnd. Wie der Boß es bestimmt hat«, sagte Brolli. »Jedenfalls so lange, wie ich mich legal auf freiem Fuß befinde.«

Brolli war noch am Montagvormittag auf Betreiben eines Anwalts gegen Kaution aus der Untersuchungshaft entlassen worden. Die Beschuldigung der Körperverletzung an Eileen Webber und des Angriffs auf einen Polizisten sowie des unerlaubten Waffenführens hatten dem Untersuchungsrichter für eine Haftfortdauer nicht ausgereicht.

»Sehr lange wird das nicht mehr legal sein«, meinte Owen und startete den Motor. »Du kannst keine Verhandlung risikieren, wenn du nicht in den Knast willst.«

»Wenn es soweit ist, haue ich ab nach der Westküste«, sagte Brolli unbeschwert. »Der Boß hat dort Beziehungen. In Frisco oder Los Angeles ist auch das Wetter besser als hier.« Er steckte sich eine Zigarette an. »Die Scheißknarre! Wenn der Bulle die nicht gefunden hätte, könnte ich hierbleiben. Den Angriff auf ihn selbst könnte er nicht beweisen, und ich würde dafür sorgen, daß die Nutte das Maul nicht gegen mich aufmacht.«

»Schade, daß ich diesen Cotton nicht erwischt habe«, meinte Owen bedauernd. »Aber wenn eine verdammte Tür dazwischen ist, weiß man eben nicht, wo die Zielscheibe steht.«

»In Cotton sehe ich kein Problem«, gab Brolli zurück.

*

Rico Gettoro verabschiedete einen Gast. Er brachte den unauffällig, aber gediegen gekleideten Chinesen selbst zur Tür.

»Danke für den Besuch, Mr. Fan«, sagte er unter dem Portal. »Es war gut, daß Sie mit Ihren Bedenken gleich zu mir gekommen sind.«

»Wir sind alte Geschäftsfreunde«, bemerkte Fan-Scheding zurückhaltend. »Die Nachricht hat bei uns auf Taiwan Unruhe ausgelöst.«

»Bis jetzt ist das Ganze nicht viel mehr wert als ein Gerücht«, versicherte Gettoro. »Bei der Benson Pharma sollen zwar entsprechende Versuche laufen. Von Ergebnissen ist aber nichts bekannt. Ich habe meine Leute bereits darauf angesetzt.«

»Sehr gut«, meinte der etwa 40jährige Chinese. »Sie halten uns auf dem laufenden.«

»Ganz sicher, lieber Freund«, sagte Gettoro. »Unser Geschäft liegt mir genauso am Herzen wie Ihnen und Ihren Freunden. Nochmals, es existiert kein Grund zur Beunruhigung.«

»Ich hoffe es. Sie wissen, dieser Markt reagiert empfindlich. Schon ein Gerücht kann genügen, um Unruhe hineinzubringen.«

»Wie ist es nur so schnell zu Ihnen gedrungen? Selbst hier in New York redet man erst seit wenigen Tagen davon.«

»Wir haben unsere Leute hier, eine Residentur, wenn Sie so wollen. Sie hält uns über alles unterrichtet, was den Markt betrifft. Natürlich verlassen wir uns auf unsere amerikanischen Freunde.«

»Das können Sie auch, Mr. Fan, das können Sie.« Gettoro legte alle Überzeugungskraft in seine Stimme.

»Notfalls würden wir selbst aktiv werden«, bemerkte Fan. »Das Geschäftsvolumen ist zu groß. Es hängt zu viel davon ab.«

Er verbeugte sich gemessen, gab Gettoro eine ausdruckslose kühle Hand und ging davon.

Mit verbissenem Gesicht kehrte Gettoro ins Haus zurück. Alle Verbindlichkeit war von ihm abgefallen.

»Wünschen Sie noch etwas, Don Rico?« fragte sein Diener Radesio. Der hagere, aus Sizilien gebürtige Mann stand abwartend im Hintergrund.

»Du kannst schlafen gehen«, sagte Gettoro, ohne ihn anzusehen.

Radesio verschwand nahezu lautlos. Lautlosigkeit war seine hervorstechende Eigenschaft. Er war so unauffällig, daß man ihn kaum bemerkte. Auch dann nicht, wenn es um härtere Dinge ging als zu servieren.

Gettoro machte sich über den überraschenden Besuch Fan-Schedings keine Illusionen. Das Rauschgiftsyndikat in Taipeh auf Taiwan war besorgt über die Kunde, es könne ein Medikament entwickelt werden, das den Heroinmarkt in den USA und später auch außerhalb der Staaten schmälern könnte. Der Fingerzeig war deutlich gewesen. *Kümmere dich um die Sache, sie liegt in deinem Verantwortungsbereich.*

Das stimmte aufs Haar. Innerhalb der Cosa Nostra in New York oblag es der Gettoro-Familie, für störungsfreien Ablauf des Rauschgiftgeschäfts zu sorgen. Bei der letzten Sitzung der Commissione war er ausdrücklich für seine erfolgreiche Arbeit gelobt worden.

Und nun das!

Gettoro stieg die läuferbelegte Freitreppe zum Oberstock hinauf. In seinem Schlafzimmer nahm er den direkten Telefonapparat, der nicht über die kleine Hauszentrale ging. Er rief Dotzman an.

»Wie weit bist du?« fragte er knapp.

»Die Sache läuft, Don Rico. Gerade habe ich einen Anruf bekommen. Schon in den nächsten Tagen müßten wir Genaueres über die besagte Ware wissen.«

»Das hoffe ich.« Gettoro räusperte sich. »In Taipeh weiß man auch schon von der Sache. Sie haben jemand zu mir geschickt, weil sie besorgt sind.«

»So schnell?« wunderte sich Dotzman.

»Die Angelegenheit ist brisant. Stell dir vor, in einem Pulvermagazin riecht es nach Rauch! Wir müssen schleunigst Klarheit haben, ob es in absehbarer Zeit einen Erfolg geben kann. Falls deine Leute nicht ausreichen, werde ich dir weitere schicken.«

»Ich glaube, wir sollten nicht zu viele Mitarbeiter einsetzen«, erwiderte Dotzman vorsichtig. »Das könnte auffallen. Übrigens habe ich bereits einen Insider gewonnen.«

»Schön, du weißt, es eilt. Halte mich auf dem laufenden. Gute Nacht.«

Gettoro legte den Hörer auf. Er hatte noch nicht die Finger davon gelöst, als der Apparat summte.

»Ja«, sagte er gereizt. Am anderen Ende mußte ein näherer Bekannter sein. Die Nummer stand in keinem Telefonverzeichnis.

»Oh, Rico, gut daß ich dich erreiche«, sprudelte eine Frauenstimme in verzweifeltem Ton. Er erkannte seine jüngere Schwester Renata. Sie war mit Remo Scarli verheiratet, dem innerhalb der Familie die Rauschgifttransporte oblagen.

Gettoro war mit der Gattenwahl Renatas nie einverstanden gewesen. Er mochte Scarli nicht. Zwischen den beiden herrschte ein Zustand mürrischen, durch die Notwendigkeiten des Geschäfts gebotenen Einvernehmens. Scarli hatte Ambitionen und hatte einmal versucht, seinen Schwager Gettoro bei Mitgliedern der Commissione anzuschwärzen.

»Was willst du mitten in der Nacht?« fragte Gettoro ungehalten. Er setzte sich in einen kleinen Sessel. »Hat Remo mal wieder eine Nutte an Land gezogen, und bist du ihm draufgekommen?«

»Nein, nein, Rico, das ist es nicht.« Renata bekam einen Anfall von Schluchzen. Gettoro benötigte eine Minute, um sie so weit zu beruhigen, daß sie wieder verständlich zu sprechen vermochte. »Amadeo ist süchtig.«

»Was sagst du da?«

»In Gettoro stieg die kalte Wut hoch. Nicht genug, daß seine Schwester diesen Emporkömmling unbedingt hatte heiraten wollen. Nicht genug, daß man dem Kerl in jeder Hinsicht auf die Finger sehen mußte, damit er das Geschäft sauber betrieb und nicht durch übertriebene Extravaganzen auffiel. Nicht genug, daß er Renata laufend mit Barweibern und Stripteasemiezen betrog und sie unglücklich machte. Nun hatte er auch noch die väterliche Aufsichtspflicht gegenüber seinem einzigen Sohn verletzt. In den Augen des in puncto Familie stockkonservativen Gettoro wog dieses letzte am schwersten.

»Die Polizei hat ihn heute abend in einer Disco in Manhattan verhaftet. Unser Anwalt hat mich gerade angerufen. Amadeo hatte Heroin bei sich . . .«

»Ja, hat er etwa gedealt?« unterbrach Gettoro.

»Nein, aber sie haben dabei festgestellt, daß er süchtig ist.«

»Maledetto, und das weißt du nicht! Was bist du für eine Mutter? Hast nur den einzigen Sohn und beaufsichtigst ihn nicht! Was tust du eigentlich den ganzen Tag?«

Gettoro ließ ein ausgewachsenes Donnerwetter auf das Haupt seiner Schwester niedergehen. Im Verlauf des von ihm ziemlich laut geführten Gesprächs erfuhr er Einzelheiten.

Danach war Amadeo vor einem halben Jahr von zu Hause ausgezogen. Wegen einer Nachtklubtänzerin.

»Wie der feine Vater.« Gettoro war dabei, sich zu beruhigen. Ein Gedanke schoß durch sein Gehirn. Er konnte den weichlichen Amadeo ebenfalls nicht leiden. Er kam ganz nach seinem Erzeuger.

»Ich habe nichts davon gemerkt«, versicherte Renata, von Schluchzen immer wieder unterbrochen. »Sonst hätte ich dich doch sofort verständigt.«

»Für so etwas ist der Vater zuständig«, schrie Gettoro. Bei dem Gedanken an den geilen und vergnügungssüchtigen Schwager ging ihm erneut die Galle über. Aber sein Familiensinn gewann die Oberhand. »Gut, ich unternehme heute vormittag etwas. Wir holen ihn raus. Als Süchtigem wird es ihm nicht so streng angerechnet, wenn er nur etwas für den eigenen Bedarf bei sich hatte. Dann kommt er in die Klinik von Doktor Falini. Anschließend sehen wir weiter. Reg dich nicht auf!«

Seine Schwester dankte ihm, nicht ohne noch Klagen über ihren ungetreuen Ehemann anzufügen. Gettoro schnitt sie mit der Bemerkung ab, sie sei dem Kerl ja damals trotz vielfältiger Warnungen unentwegt hinterhergerannt und habe ihn unbedingt haben müssen.

»Jetzt hast du ihn, ich kann es nicht ändern«, knurrte er zum Schluß und legte auf.

Wenn es um seine Angelegenheiten ging, war Gettoro nicht zimperlich. So klingelte er jetzt Doktor Julio Falini aus dem Schlaf, einen Internisten mit eigener teurer Privatklinik. Der Arzt hatte in der Vergangenheit schon öfter Familienangehörige behandelt.

Gettoro informierte ihn kurz über den anstehenden Fall und erhielt die Zusicherung, man werde Amadeo Scarli jederzeit aufnehmen, sobald er freigekommen sei.

»Dieser Amadeo«, murmelte Gettoro, nachdem er das Gespräch beendet hatte. Der junge Mann hatte es in der vergangenen Zeit mehrfach an Ehrerbietigkeit gegenüber dem Onkel fehlen lassen. Er machte auch der Mutter keine Freude und brachte Schande über die Familie. Natürlich würden sich die Reporter wie Aasgeier auf die Sache stürzen, falls sie Wind davon bekämen. Es würde Geld kosten, dies bei der Polizei abzublocken. Nicht unerhebliche Beträge.

Gettoro ballte die Fäuste. Unnötige Geldausgaben haßte er wie die Pest. Er merkte sich Amadeo vor.

*

Die nächsten drei Tage vergingen mit angestrengter Routinearbeit für Phil und mich. Mein Kollege hatte ab Dienstag den Werkschutzleiter Hoogan beschattet und über dessen private Verhältnisse recherchiert. Ich selbst war bei der Suche nach Dotzman nicht weitergekommen. Der Gangster mußte entweder die Hudsonmetropole verlassen oder sich gut versteckt haben. Ich schnappte in dieser Zeit zwei kleine Dealer und legte einem gewalttätigen Pimp die Armbänder an. Zweimal telefonierte ich auch mit Tricia Conway. Sie glaubte, gut mit der Wanze leben zu können, wie sie sich ausdrückte.

»Ich habe einen Erfolgsbericht losgelassen«, sagte sie und meinte eine falsche Spur.

»Wie haben Sie das gemacht, ohne daß es Widersprüche Ihrer Mitarbeiter gab?« fragte ich.

»Ganz einfach, ich tat so, als diktiere ich einen Brief an

einen erfundenen Kollegen auf Band. Den Kerlen müssen die Ohren geklungen haben.«

Ich beendete das Gespräch.

»Welchen Eindruck hast du bei Hoogans Beschattung gewonnen«, fragte ich an diesem Freitagmorgen meinen Kollegen Phil. »Irgendwelche Hinweise, weshalb der Mann für die Unterwelt arbeitet?«

»Er und seine Frau machen einen niedergedrückten Eindruck. Ernste, fast traurige Gesichter. Sie scheinen mir in ihrer ganzen Haltung mutlos, Jerry. Während der vergangenen drei Tage bin ich beiden mehrere Stunden gefolgt. Außer diesem Eindruck gab es nichts Besonderes. Alles war Alltagsroutine.«

»Gar kein Anhaltspunkt, Phil?«

»Die Tochter habe ich nicht gesehen. Im Hospital hat die Mutter sie krank gemeldet. Sie durchläuft dort eine Ausbildung als Kinderkrankenschwester. Möglicherweise ist es ihre Krankheit, die den Eltern den ersichtlichen Kummer bereitet.«

»Das glaube ich nicht. Wäre die Tochter ernstlich erkrankt, befände sie sich im Hospital, und zwar in dem, wo sie auch ausgebildet wurde. Das kann es also nicht sein.«

»Du hast recht, Jerry.« Phil pfiff durch die Zähne. Er überlegte kurz. »Wir rufen die Tochter einfach an.«

»Was willst du ihr sagen?«

»Ich sage ihr gar nichts«, meinte mein Freund pfiffig. »Wenn sie an den Apparat kommt, lege ich auf. Ich werde mich als ein Freund ausgeben, falls die Mutter abnimmt.«

»Okay, mach das!«

Gespannt verfolgte ich Phils Tun. Er rief zu Hause bei den Hoogans an. Der Telefonlautsprecher war eingeschaltet. Ich konnte mithören. Nach kurzer Zeit wurde abgenommen.

»Hallo«, sagte eine Frauenstimme. Es klang hastig.

»Spricht dort Mrs. Hoogan?« fragte Phil.

»Ja, was wollen Sie?«

»Ich bin Fred Myle, der Bruder von Martha«, improvisierte mein Kollege. »Geht es Jennifer wieder besser? Ich soll sie von Martha grüßen.«

»Das ist sehr liebenswürdig, Fred. Jennifer geht es zufriedenstellend, aber sie wird noch eine Weile liegen müssen.«

»Was fehlt ihr eigentlich, Mrs. Hoogan?« fragte Phil und warf mir einen zweifelnden Blick zu.

»Sie ist auf dem Heimweg gestürzt, als sie aus dem Bus stieg, und hat sich einen Wirbel angebrochen. Das Liegen im Gips behagt ihr gar nicht.« Mrs. Hoogan ließ ein gezwungen klingendes kurzes Lachen hören.

Phil schürzte die Lippen und schüttelte den Kopf. Auch mir kam die Sache ausgesprochen faul vor. Ich nickte ihm aufmunternd zu weiterzumachen.

»Oh, dann wünschen wir alle ihr gute Besserung. Können Sie ihr mal kurz das Telefon bringen? Ich möchte sie etwas fragen.«

»Das geht leider nicht, das Kabel ist zu kurz.«

»Okay, dann fragen Sie sie doch bitte, ob Martha den Kassettenrecorder, den Jennifer ihr geliehen hat, noch behalten darf. Wenn nicht, bringe ich ihn morgen vorbei.«

»Einen Moment, ich frage sie.«

Wir hörten, wie der Hörer irgendwo hingelegt wurde. Phil grinste mich an.

Ich sah auf die Uhr und lauschte gespannt. Von einem Gespräch im Hintergrund war nichts zu vernehmen. Auch nicht von Schritten oder dem Klappen einer Tür.

»Jennifer läßt Ihnen und Martha für die guten Wünsche danken«, sagte Mrs. Hoogan dann. »Den Recorder braucht sie vorerst nicht.«

Phil bedankte sich, wünschte nochmals baldige Genesung und legte auf.

»Na?« meinte er und sah mich an. »Gut, was?«

»Prima«, sagte ich. »Also ist die Tochter weg, und die Mutter will es nicht sagen. Wäre Jennifer da, hätte sie ihrer Mutter gesagt, sie kenne keinen Fred und keine Martha und wisse nichts von einem verliehenen Recorder.«

»Vermutlich gekidnappt, und die Eltern stehen unter Druck. Das würde alles erklären. Wie kriegen wir das raus, Jerry? Gegen den Willen der Eltern dürfen wir das Haus nicht betreten.«

Ich nickte. Genau da lag der Hase im Pfeffer. Für mich war der Fall ziemlich klar, aber außer der Stimme Hoogans, die Tricia und ich im Radio sicher erkannt zu haben glaubten, gab es keinen Beweis. Es reichte noch nicht einmal, um den Werkschutzleiter festzunageln. Wenn er und seine Frau leugneten, saßen wir fest. Vielleicht verständigen die verängstigten und wahrscheinlich um das Leben ihrer Tochter bangenden Eltern in ihrer Verzweiflung sogar noch die Gangster, das der FBI Lunte gerochen habe.

»Wir nicht, Jerry, aber vielleicht ein Arzt«, schlug Phil vor.

»Ausgezeichnete Idee! Einer aus Jennifers Hospital. Er muß einen triftigen Grund haben, sie selbst zu sprechen. Welcher könnte das sein?«

»Etwas, das nicht durch die Mutter übermittelt werden kann«, überlegte mein Freund laut. »Er muß persönlich zu ihr.«

Wir beratschlagten, machten Vorschläge und verwarfen sie wieder. Die Sache mußte einigermaßen glaubwürdig erscheinen und schnell über die Bühne gehen, bevor Hoogan nach Hause kam. Seine Anwesenheit konnte das Vorhaben erschweren.

»Die Tochter ist nicht im Haus, soviel ist klar«, sagte Phil. »Die Mutter hat sie im Hospital mit einer schweren Magenverstimmung entschuldigt, und nun soll sie sich einen Wirbel angebrochen haben. Aber das sind Indizien. Wir müssen sicher sein. Sonst können wir nicht einhaken.«

»Radioaktivität«, sagte ich, »das ist es.«

»Wie meinst du das?« erkundigte sich mein Kollege überrascht.

»Ganz einfach. Vor ein paar Stunden hat sich eben im Hospital herausgestellt, daß vor vier Tagen ein kleiner Unfall in der radiologischen Abteilung passiert ist. Dabei ist ein wenig Radioaktivität freigeworden. Kein gefährliches Ausmaß natürlich, aber es muß doch festgestellt werden, welchen Weg die Substanz genommen hat und wer unbemerkt damit in Berührung gekommen ist. Deshalb müssen die in Frage kommenden Personen mit einem Geigerzähler untersucht werden, und Jennifer ist eben eine dieser Personen. Der angebliche Arzt muß also kurz zu ihr, und zwar gleich.«

»Raffiniert, Jerry, und wer spielt den Arzt? Einen richtigen werden wir nicht dazu bringen, ohne ihm erst lang und breit zu erklären, worum es geht.«

»Ich werde es machen. Das Ergebnis steht sowieso fest. Wir wollen es ja nur bestätigt haben, nämlich daß die Tochter nicht da ist. Wissen wir das genau, werde ich es Hoogan ins Gesicht sagen. Dann müßte er eigentlich mit der Sprache rauskommen.«

»Streng genommen ist es nicht ganz legal«, wandte Phil ein.

»Ganz legal nicht, aber kein großer Verstoß. Schließlich will ich ja nur sehen, ob die Tochter da ist oder nicht. Es geht um eine höhere Sache.«

Wir handelten danach. Ein Geigerzählter war schnell beschafft, und wir fuhr los. Mrs. Hoogan trafen wir zu Hause an. Ich gab mich als Doktor Martin vom Brooklyn State Hospital aus und erklärte den Grund meines Kommens.

»Ihre Tochter ist nicht in Gefahr, Mrs. Hoogan«, schloß ich. »Die Menge der strahlenden Substanz, mit der sie in Berührung gekommen sein kann, ist geringer als die in den Leuchtziffern einer Armbanduhr. Aber wir müssen trotzdem den Weg verfolgen, den sie genommen hat, um die undichte Stelle in der radiologischen Abteilung zu finden. Es genügt, wenn ich Ihre Tochter kurz mit dem Zähler untersuche. Es dauert nur eine Minute.«

»Das geht nicht, Jennifer ist krank.« Mrs. Hoogan verkrampfte die Hände ineinander. Sie war blaß und den Tränen nahe.

»Aber ich habe täglich mit Kranken zu tun.«

»Trotzdem geht es nicht.«

Ich merkte, die Frau stand mit dem Rücken zur Wand. Um das für uns so wichtige Geständnis würde sie nicht mehr lange herumkommen.

»Mrs. Hoogan, ich verstehe Sie nicht«, sagte ich ruhig, aber bestimmt. »Was ist dabei, wenn ich dieses Gerät hier«, ich hob den Geigerzähler hoch, »am Körper Ihrer Tochter entlangführe. Sie braucht dazu nicht einmal vom Bett aufzustehen. Ich muß auf der Untersuchung bestehen. Wenn Sie mich nicht zu Jennifer lassen, komme ich mit der Polizei wieder! Der Vorfall liegt im Bereich der Gesetze über die öffentliche Sicherheit.«

Mrs. Hoogan blickte zu Boden. Dann gab sie zu, ihre Tochter sei nicht in der Wohnung. Sie sei weggegangen.

»Ich wollte das nicht sagen, wo sie sich doch krankgemeldet hat«, log sie. »Genügt es, wenn Sie das Bett untersuchen?«

»Es genügt nicht ganz, aber es ist besser als nichts«, gab ich nach. Mrs. Hoogan führte mich ins Haus. Das Zimmer der Tochter war vorbildlich aufgeräumt und sah aus wie die vielen Jungmädchenzimmer, die ich im Laufe der Zeit gesehen hatte. Ich schaltete das Gerät ein und fuhr ein paarmal über das Bett. Nachdem ich die Mutter beruhigt hatte, ging ich.

»Jennifer soll mich im Hospital anrufen, wenn Sie wieder zurück ist«, sagte ich, ehe ich zu Phil in den Wagen stieg.

»Na bitte, wie wir gesagt haben«, meinte mein Kollege. »Was jetzt?«

»Die nächste Station ist Hoogan. Bevor er die Entführung der Tochter zugibt, können wir nichts unternehmen. Ich knöpfe ihn mir so bald wie möglich vor.«

Wir fuhren ins Office zurück, und ich rief William Peers an. Nach kurzer Zeit bekam ich die Auskunft, der Werkschutzleiter habe auf eigenen Wunsch die heutige Nachtschicht übernommen. Sein Dienstbeginn sei um acht Uhr abends.

Ich nahm mir vor, ihn in der Firma zu stellen.

*

»Und du bist sicher, er wird mitmachen und keine Tricks versuchen?« Dotzman sah Brolli scharf an. »Er könnte euch in eine Falle locken. Immerhin ist er ein ehemaliger Bulle.«

»Nicht, solange wir seine Tochter haben.« Der junge Gangster grinste überheblich. »Er weiß, wir bringen sie um, wenn er nicht spurt. Nein, der frißt uns aus der Hand. Wir kriegen das Zeug.«

»Hast du mit ihm alles genau vereinbart?«

»Sicher. Hall bringt uns am Abend mit seinem Transporter rein. Er läßt uns raus, und wir verstecken uns. Hoogan holt uns dann im Versteck ab und geleitet uns in das Speziallabor. Wir holen uns etwas von dem Zeug und verstecken uns im Kofferraum von Hoogans Auto. Er fährt mit uns raus, und die Sache ist gelaufen.«

»Paß auf und sei nicht leichtsinnig!« schärfte Dotzman seinem Laufjungen ein. »Der Don will das Zeug haben. Die Sache ist für ihn von größter Wichtigkeit.« Dotzman steckte sich eine Zigarette an. »Wir sind von ihm belobigt worden. Das Briefdiktat dieser Doktor Conway, das wir mitgeschnitten haben, sagte ja auch genug.«

»Will der Don das Zeug am Ende testen lassen?« fragte Brolli.

»Keine Ahnung, das kümmert mich auch nicht. Wichtig ist, wir stehen gut da. Okay, das wär's. Sag auch Buck, er soll heute abend aufpassen.«

»Machen wir, machen wir, das sind ganz kleine Fische.« Brolli lachte. »Ich hoffe, er hat die Finger von der Kleinen gelassen. Ich hab's ihm jedenfalls gesagt.«

Brolli ging hinaus und verließ das Haus. Er sah auf die Uhr. Es wurde Zeit, wenn er den Chinesen rechtzeitig treffen wollte.

Während der Fahrt zum Central Park beglückwünschte er sich zu dem Entschluß, eine Kopie des Mitschnitts von Tricias erfundenem Erfolgsbericht angefertigt zu haben. Er würde sie Wang-Huwong geben, dem Leibschatten Fan-Schedings. Wie er unter der Hand erfahren hatte, interessierten sich die Leute aus Taipeh brennend für die Versuche bei der Benson Pharma.

Brollis Kalkulation lief so: Über kurz oder lang würde er zur Verhandlung vorgeladen werden. Natürlich würde er nicht erscheinen. In den Knast einziehen wollte er schließlich nicht. Also mußte er New York verlassen. Zunächst hatte er daran gedacht, an die Westküste auszuweichen, aber würde das genügen?

Vielleicht würde es sich als sicherer erweisen, den Staaten ganz den Rücken zu kehren. Natürlich wollte er im Geschäft bleiben und nicht irgendwo als Straßenräuber ganz von unten anfangen. So bedeutete es eine feine Visitenkarte, wenn er den Leuten aus Taipeh die neuesten Erkenntnisse der Benson Pharma zuspielte.

Er traf den jungen unauffälligen Chinesen. Ihr Gespräch war nur kurz. Dann wechselte eine Tonbandkassette den Besitzer. Wer sie abspielte, hörte das Diktat eines Briefes, den Doktor Tricia Conway an einen in Wirklichkeit nicht existierenden Wissenschaftler der Columbia University richtete. Darin teilte sie mit, daß das

Antiheroinpräparat X - 867 gute Eigenschaften im Sinn des angestrebten Ziels zeigte, kaum noch Nebenwirkungen aufweise und in absehbarer Zeit mit der Produktion begonnen werden könne.

Tricia hatte noch erwähnt, man arbeite daneben noch an einem Präparat mit Depotwirkung, das auf Nicht-Süchtige eine ähnliche Wirkung habe wie eine Antiraucherpille. Wer danach erstmals Heroin nehme, litte tagelang an stärkster Übelkeit, so daß er kaum auf die Idee käme, es nochmals zu versuchen.

Brolli sagte dem Chinesen auch, er wolle möglicherweise nach Taipeh kommen und dort ins Geschäft einsteigen. Er möge diesen Wunsch an Fan-Scheding weiterleiten.

Der Chinese versprach es, deutete eine Verbeugung an und tauchte im Passantenstrom unter.

Danach fuhr Brolli zu einem älteren Haus in der mittleren Bronx. Es stand in einer Reihe mit mehreren Brandruinen, die von ihren Besitzern nicht mehr aufgebaut werden sollten und darauf warteten, Gegenstände der üppig wuchernden Bodenspekulation zu werden. Das Haus war nur noch von drei Parteien bewohnt. In einer der heruntergekommenen Wohnungen wurde Jennifer Hoogan gefangengehalten.

Es ging ihr verhältnismäßig gut, soweit man das von einem Menschen sagen konnte, der sich in der Gewalt von Gangstern befand. Man hatte sie in eine fensterlose Kammer eingeschlossen, die ein Bett, Tisch und Stuhl sowie ein dreckiges Waschbecken enthielt. Das Mädchen bekam ausreichend zu essen. In seine Bewachung teilten sich Brolli, Owen und zwei weitere Männer nebst einer Frau.

Nachdem sich Brolli vergewissert hatte, daß mit der Gefangenen alles in Ordnung sei, besprach er mit Owen und einem weiteren Mann die Einzelheiten der bevorstehenden Aktion bei der Benson Pharma.

»Das Zeug trägt die Bezeichnung X-867«, schärfte er den beiden anderen zum Schluß ein. »Sucht nach dieser Nummer! Wir wollen die Sache so schnell wie möglich durchziehen.«

*

Ronald Hoogan mußte an sich halten, um äußerlich Ruhe zu bewahren und seinen Kollegen von der Nachtschicht des Werkschutzes nicht durch Nervosität aufzufallen. Es war schon ungewöhnlich genug, daß er als Chef der Abteilung eine reguläre Schicht übernahm. Zur Begründung hatte er gesagt, er wolle den praktischen Erfordernissen des Dienstes wieder näherkommen.

Je näher die Zeit auf acht Uhr rückte, desto unruhiger wurde er. Um diese Stunde kamen die letzten Lieferwagen von ihren Touren zurück. In dem des Fahrers Clyde Hal würden sich drei Gangster befinden. Unter der Drohung mit dem Tod seiner Tochter hatte man ihm am Telefon die Zusage abgezwungen, diese Männer in das Speziallabor zu führen und sie später in seinem Wagen wieder aus dem Werksgelände zu schmuggeln.

Die Zeiger der Elektrouhr im Wachhaus am Haupttor sprangen auf acht. Dickson, der den Tagesdienst geleitet hatte, erhob sich von seinem Platz.

»Okay, Ron, du bist dran. Es ist alles okay, keine besonderen Vorkommnisse. Wird in der kommenden Nacht nicht anders sein.« Dickson lachte. »Bei uns gibt's keine Reichtümer zu stehlen.«

Du hast keine Ahnung, was diese Nacht steigen wird, dachte Hoogan grimmig. Er zwang sich zu einem Grinsen.

»Sicher, was sollte schon sein?« Er wandte sich an die anderen Männer der Nachtschicht, die zur Übernahme des Dienstes bereitstanden. »Boys, ich werde diese Nacht unser Monitorsystem testen, und zwar auf ganz einfache Weise. Ich werde mehrere Rundgänge machen.

Dabei decke ich die jeweiligen Fernsehkameras ab. Wollen sehen, ob das den vorgesehenen automatischen Alarm auslöst. Das ist meines Wissens noch nie in dieser Form gemacht worden.«

»Okay, Mr. Hoogan, wir wissen ja, daß Sie es sind«, meinte einer der Männer, der soeben seinen Platz hinter dem Überwachungspult eingenommen hatte.

Von hier aus konnten alle wichtigen Stellen des Werksgeländes und die Hauptkorridore der einzelnen Gebäude optisch überwacht werden. Drei Männer saßen hier ununterbrochen und beobachteten die acht kleinen Monitore vor jedem der Plätze. Über Wahlschalter konnten jeweils weitere Kameras auf die Schirme geschaltet werden.

Während der letzten Viertelstunde waren sechs der grün und weiß lackierten mittelgroßen Kastenwagen der Firma von ihren Auslieferungstouren zurückgekommen. Sie hatten vor dem Haupttor gestoppt. Nachdem es geöffnet worden war, waren sie auf das Gelände gefahren. Sie wurden über Nacht auf einem separaten Parkplatz neben dem Auslieferungslager abgestellt.

Hoogan hatte die ganze Zeit das Haupttor schräg vor dem Wachhaus im Auge behalten. Soeben stoppte dort wieder ein Lieferwagen. Der diensthabende Pförtner nickte dem Fahrer zu und streckte die Hand nach dem Öffnungsschalter des Tores aus.

»Moment«, sagte Hoogan, »ich mache eine Routinekontrolle, wo ich schon mal hier bin.«

»Es ist Hall«, sagte der Pförtner erstaunt, »ich kenne ihn.«

»Sicher, aber wir wollen es heute mal streng nach Vorschrift machen.«

Hoogan ging hinaus, eilte durch die kleine Pforte für Fußgänger, blieb neben dem Wagen stehen und sah den Fahrer an. Auch er kannte Clyde Hall wie fast alle anderen Driver vom Sehen.

»Alles okay, kein Unfall auf dieser Tour?« fragte er.

»Alles okay, Mr. Hoogan«, gab Hall zurück, suchte den Blick des Werkschutzleiters, nickte leicht und deutete eine Kopfbewegung nach hinten an.

»Ich fahre gleich mal mit«, rief Hoogan laut zum Wachhaus hinüber.

»Okay, Mr. Hoogan«, kam es aus dem Lautsprecher über der Tür. Auch das gehörte zum Buchstaben der Wachanweisungen, daß zurückkommende Lieferwagen in Stichproben kontrolliert wurden. Da Hoogan einen Dienst nach Vorschrift angekündigt hatte, fiel sein Handeln jetzt nicht auf.

Er stieg zu Hall. Das Tor rollte zur Seite. Der Fahrer gab Gas.

»Zum Parkplatz?« fragte er, »oder wo soll ich sonst hin?«

»Natürlich zum Parkplatz am Lager. Alles wie immer.«

Hoogan biß sich auf die Lippen. Er tat etwas gegen seine Vorschriften. Er verriet seine Firma und unterstützte die Gangster. Der Gedanke, er tue alles nur für das Leben seiner Tochter, vermochte ihn nicht zu trösten. Unwillkürlich tastete er nach der Pistole in der Schulterhalfter, die er innerhalb des Werkgeländes tragen durfte. Am liebsten hätte er dem Fahrer die Schlüssel zum Kastenaufbau abgenommen, die Polizei angerufen und ihr die Gangster übergeben. Aber dann dachte er an Jennifers angstbebende Stimme am Telefon. Er mußte den Verbrechern gehorchen. Immerhin wollten sie nur ein paar Proben eines in Entwicklung befindlichen Medikaments. Keine Gifte oder Drogen!

Hall steuerte den Lieferwagen auf den Parkplatz beim Lagergebäude. Dessen Fenster waren bereits alle dunkel. Auch bei den etwa 50 gleichartigen Fahrzeugen regte sich nichts mehr. Hall hatte seine Tour absichtlich so lange hinausgezögert, daß er einer der letzten oder sogar der letzte war, der zurückkehrte.

Nachdem er gestoppt hatte, stieg der Fahrer aus. Als sehe er sich den Wagen an, machte er eine Runde und sicherte nach allen Seiten.

Hoogan war ebenfalls ausgestiegen. Er machte Hall ein Zeichen und wies auf den dunklen Zugang zu einer schmalen Treppe, die ins Untergeschoß des Auslieferungslagers führte.

Hall eilte hinter den Kastenwagen und schloß die Tür auf. Er sagte ein paar Worte ins Innere. Dann kamen drei Männer heraus.

Der Fahrer deutete auf Hoogan an der Treppe. Die Gangster liefen zu ihm hinüber und stiegen schnell hinter ihm die Treppe hinunter.

Hoogan öffnete mit seinem Hauptschlüssel eine schmale Tür. Nachdem die drei eingetreten waren, schloß er sie und ließ eine Taschenlampe aufleuchten.

»Es ist jetzt 8.15 Uhr«, sagte er halblaut. »Ihr müßt bis etwa zehn Uhr warten, dann ist es auf dem Gelände ruhiger. Solange wird keiner hierherkommen.«

»Du wirst uns doch nicht vergessen, wie?« fragte ein junger Mann mit lockiger Frisur. Er grinste schief. Es sollte ein Witz sein.

»Keine Sorge, alles geht wie besprochen«, gab Hoogan mit steinernem Gesicht zurück. »Gegen zehn, es kann auch etwas länger dauern, komme ich und bringe euch rüber. Ihr holt euch, was ihr haben wollt. Dann führe ich euch hierher zurück. Ihr steigt in den Kofferraum meines Autos, und ich bringe euch raus. Angeblich mache ich eine Runde um das Werkgelände. Auch das gehört zum Wachplan.«

»Und wie ist das mit eurem Überwachungssystem?« erkundigte sich ein älterer, kräftiger Mann. »Wieso sehen sie uns nicht auf den Monitoren?«

»Ja, weshalb nicht?« fragte der mit dem Lockenkopf.

»Ich decke die jeweilige Kamera ab, bevor ihr vorbeigeht«, sagte Hoogan mürrisch. »Das habe ich bereits angekündigt.«

»Kannst du vielleicht fliegen?« wollte der dritte, ein ebenfalls etwas älterer Mann wissen. »Die Dinger hängen doch an der Decke.«

»Ich habe eine Pappscheibe an einem langen Stock. Zufrieden?«

»Bis jetzt ja.« Der Lockige schien der Anführer zu sein. »Okay, mach zu! Können wir Licht machen?«

»Besser nicht, das Lager ist bei Nacht verlassen. Also wartet hier!«

Hoogan verließ die Gangster. Er ging hinauf und sagte Hall, es gehe alles in Ordnung. Der Fahrer ging daraufhin nach Hause.

Hoogan begann einen längeren Kontrollgang. Er mußte etwas tun, um seine Unruhe abzureagieren. Zwar hatte er die Sache genau durchdacht und keinen Fehler gefunden, aber trotzdem brannte ihm der Boden förmlich unter den Füßen. Er sehnte den Anblick herbei, in dem er die drei Kerle unbemerkt wieder hinausgeschmuggelt haben würde.

Er richtete seine Runde so ein, daß die anderen auf Streifgang befindlichen Wächter ihn sahen. Mit einigen wechselte er einige Wort. Je mehr er gesehen wurde, desto weniger würde jemand auf die Idee kommen, etwas stimme nicht.

*

Kurz vor zehn Uhr traf Hoogan wieder mit einem der Streife gehenden Außenposten zusammen. Er nahm das Funkgerät des Mannes und meldete sich bei der Hauptwache am Tor.

»Hier spricht Hoogan. In etwa einer Viertelstunde gehe ich in den neuen Laborbau und mache dort den besprochenen Test mit den Monitoren. Damit ihr wißt, daß ich es bin«, setzte er hinzu und ließ ein kurzes Lachen folgen.

»Okay, Mr. Hoogan«, kam es aus dem Gerät. »Wir wissen Bescheid.«

Nun ging Hoogan zum Lager zurück. Er kannte den Wachplan genau und hatte die Standorte sämtlicher Stechuhren im Kopf. Für die nächste halbe Stunde kam keiner der Wächter zum neuen Laborhaus. Bis dahin mußte alles gelaufen sein.

Nachdem er um eine Ecke gegangen war, begann er zu rennen. Wenige Minuten später hatte er die drei Gangster geholt und führte sie auf einem Umweg an der hinteren Begrenzungsmauer entlang zum Laborgebäude. Er trug eine gut vier Yard lange dünne Holzstange mit einer runden Pappscheibe am Ende.

Durch einen Nebeneingang gelangten sie ins Gebäude. Hoogan ließ die Tür offen.

»Keine Taschenlampen außer meiner«, flüsterte er leise. »Nicht sprechen, leise gehen! Es kann auf akustische Überwachung geschaltet werden. Ich werde über die Lautsprecher angesprochen werden. Erschreckt nicht. Ich werde antworten. Der Test ist vereinbart.«

Die drei Männer nickten. Hoogan hatte mit geübtem Blick ihre unter den linken Armen ausgebeulten Windjacken gesehen. Die trugen alle Waffen.

»Bleibt im Gänsemarsch hinter mir!« flüsterte er noch. Dann ging er los.

Im Hauptflur des Erdegeschosses kamen sie zur ersten Überwachungskamera. Hoogan machte seinen Begleitern ein Zeichen stehenzubleiben. Dann ging er entgegen dem Erfassungsbereich an den an der Gangdecke montierten Apparat heran und hielt die Pappscheibe vor das Objektiv. Mit dem Kopf machte er den Gangstern ein Zeichen, den nun blinden Bereich zu passieren.

Während die drei den Gang entlang zu den Aufzügen rannten, knackte es in einigen Lautsprechern.

»Alles okay, Mr. Hoogan. Der Alarm hat angesprochen, sobald Sie die Kamera abdeckten.«

»Gut«, sagte Hoogan laut, »ich mache in den oberen Stockwerken weiter.« Er wußte, seine Worte wurden von Mikrofonen aufgefangen und zum Wachhaus übertragen.

»In Ordnung, Mr. Hoogan.«

Der Vorgang wiederholte sich mehrmals. Dann waren die vier im Speziallabor. Hier machte Hoogan Licht, nachdem er den Männern eingeschärft hatte, sich nicht an den Fenstern zu zeigen. Unruhig wartete er, während die Gangster die langen Labortische und die vielen Regale absuchten.

Es dauerte nicht lange, bis sie fanden, wonach sie gesucht hatten.

»Da ist das Zeug«, sagte der mit dem Lockenkopf unbedacht und deutete auf einen kleinen Ständer mit Glasampullen.

»Schscht«, machte Hoogan und schüttelte ärgerlich den Kopf.

Der andere verstand und machte eine beschwichtigende Bewegung mit den Armen. Er nickte Hoogan zu und deutete zum Korridor hin. Die Gangster wollten weg.

Hoogan ging wieder voran und machte die Kamera durch die vorgehaltene Pappscheibe unwirksam. Auch dieses Mal wurde ihm vom Wachhaus über die Rufanlage des Hauses bestätigt, daß die jeweils abgedeckte Kamera noch in derselben Sekunde einen akustischen Alarm ausgelöst habe. Bei der zweiten Kamera, vor den Aufzügen im Oberstock, setzte der Sprecher hinzu: »Mr. Hoogan, gerade sind zwei FBI-Agenten gekommen, Mr. Cotton und Mr. Decker. Sie möchten Sie sprechen, wenn Sie wieder zurück sind.«

Hoogan traute seinen Ohren nicht, faßte sich aber schnell. Er wollte sagen, daß er in etwa einer Viertelstunde zur Hauptwache kommen werde. Die Gangster mußten dann eben noch warten, bis er sie hinausbrachte. Aber er hatte seine blitzschnelle Rechnung ohne den Lockigen gemacht. Dieser Mann war Gino Brolli.

»Du Schwein hast uns reingelegt!« Brolli riß seinen Revolver aus der Schulterholster und stieß den Lauf in Hoogans Rücken. »Bring uns raus, oder du bist als erster dran!«

Er bedachte nicht, daß er auf der Wache gehört wurde. Außerdem stolperte Hoogan und gab dabei ungewolt die Optik der Kamera frei. Hier oben brannte noch das Licht auf dem Korridor.

»He, Mr. Hoogan, was sind das für Figuren?« fragte sein Kollege erstaunt. »Sind Sie etwa gefangen?«

Ein dröhnender Schuß hallte durch den Korridor. Der zweite Gangster hatte die Kamera getroffen. Splitter regneten von der Decke. Gleichzeitig gingen sämtliche Lampen im Gebäude an, und draußen begann eine Alarmsirene ihr an- und abschwellendes Geheul.

»Los, runter, über die Treppe!« Brolli behielt die Nerven. »Sie können die Aufzüge abstellen, dann sitzen wir in der Falle.«

»Verdammt noch mal, ich weiß nicht, weshalb die G-men hier sind«, stieß Hoogan hervor. »Dreht nicht durch! Ihr kommt raus. Mir kann nichts passieren, ihr habt mich eben überfallen und gezwungen, klar. Ich hab' keinen Grund, falsch zu spielen.«

Hoogan wollte damit die Gangster von seiner Loyalität ihnen gegenüber überzeugen. Aber der Schreck saß bei den drei Männern zu tief.

»Du hast uns verkauft«, zwischte Brolli. »Wenn einer von den Bullen auch nur in Sicht kommt, bist du tot, kapiert?«

»Bleibt ruhig, ich führe euch zu einer Stelle, wo ihr über die Mauer könnt«, beschwor Hoogan, während er die Treppe mehr hinuntergestoßen wurde, als er ging.

»Okay, aber wenn du 'ne faule Tour versuchst, ist

Feierabend!« versprach Brolli. »Was dann deiner Tochter passiert, kannst du dir ausrechnen.«

*

Wir waren aufgehalten worden und so erst gegen zehn Uhr bei der Benson Pharma angekommen. Auf der Hauptwache sagte man uns, Hoogan befinde sich auf einem Rundgang und teste zur Zeit die Überwachungsmonitore im Laborgebäude. Man werde ihm unsere Ankunft in den nächsten Minuten durchgeben.

Nun, wir warteten. Wenig später wurden wir Zeugen, wie die von Hoogan gerade verdeckte Überwachungskamera plötzlich frei wurde und neben dem Werkschutzleiter noch drei Männer zeigte. Ganz kurz vorher hatte jemand ausgerufen: »Du Schwein hast uns reingelegt!«

Unter den Leuten auf der Wachstation herrschte Verwirrung. Erregt redeten sie durcheinander. Phil und ich dagegen schalteten sofort, da wir von der Verbindung mit den Gangstern wußten. Also arbeitete er mit ihnen zusammen, und unser Erscheinen war offenbar von ihnen mißdeutet worden. Sie glaubten an eine Falle. Wir mußten schnell handeln . . .

»Zwei Mann mitkommen!« rief ich. »So schnell wie möglich zum Laborgebäude. Haben Sie einen Wagen?«

»Wir nehmen den Jeep, Mr. Cotton.«

Kaum eine Minute später brausten wir los. In halsbrecherischer Fahrt ging es über Höfe, schmale Werkstraßen entlang, um Lagertanks herum. Wir mußten uns festhalten.

»Soll ich zum Haupteingang fahren?« rief der Fahrer durch den Motorlärm und das Kreischen der Reifen.

»Gibt es andere Eingänge?« schrie Phil zurück. »Von wo aus kann man am besten vom Gelände verschwinden?«

»Es gibt einen Ausgang nach hinten zur Mauer hin.«

Der Fahrer hatte begriffen. »Wollen Sie dorthin?«

»Klar, machen Sie schon!« trieb ich ihn an. Es ging mir nicht nur darum, die Gangster zu erwischen, sondern auch um Hoogans Leben. Die Verbrecher mußten ihn für einen Verräter halten.

Wir umrundeten noch ein paar Ecken. Dann tauchte die rückwärtige Begrenzungsmauer des Werkgeländes auf. Dahinter lag die Straße, in der ich mit Tricia die Sendung der Funkwanze aufgenommen hatte. Rechts erhob sich der jetzt voll erleuchtete Laborbau. Nach dem echten Alarm waren von der Wache aus sämtliche Deckenleuchten eingeschaltet worden.

»Wir sind gleich da«, rief der Fahrer. Er kurbelte am Lenkrad und riß den Jeep nach rechts um das Gebäude herum.

Es hätte des Hinweises nicht bedurft, daß wir den Ort des Geschehens erreicht hatten. Von links voraus, von der Mauer her, blitzten uns Schüsse entgegen. Vor dem Fahrer wies die Frontscheibe plötzlich zwei kleine Löcher auf. Der Mann schrie auf, ließ das Lenkrad los und griff sich an die rechte Schulter. Der Wagen kam von der betonierten Straße ab, brach nach links aus, sprang über eine Begrenzungsschwelle und holperte über ein Stück Grünfläche schräg auf die Mauer zu.

Glücklicherweise war es ein seitlich offener Jeep, der lediglich ein Regenverdeck besaß. So konnten Phil und ich noch gerade rechtzeitig abspringen, ehe das Fahrzeug gegen die Mauer krachte, funkensprühend daran entlangschrammte, schließlich seitlich hochkam und umstürzte. Es blieb auf dem Rücken liegen.

Wir beide lagen ohne Deckung auf dem spärlichen Rasen, die Waffen im Anschlag. Etwa 30 Yard entfernt sahen wir einen Mann sich über die Mauer schwingen und verschwinden. Ein weiterer schickte sich eben an hinaufzuklettern, und ein dritter nahm uns aus einer Faustwaffe unter Feuer.

Wir waren gezwungen zurückzuschießen. So gut es ging, zielten wir auf die Beine. Ein paar Kugeln pfiffen hin und her. Auf solche Entfernung ist ein Revolver mit zwei Zoll langem Lauf keine Waffe für einen sicheren Schuß.

Plötzlich knallte es vom Laborgebäude her mehrmals. Der zweite Gegner rutschte von der Mauerkrone herunter, die er soeben erreicht hatte. Schwer wie ein Sack schlug er auf dem Boden auf. Der letzte war ebenfalls getroffen. Er ließ die Waffe fallen und umklammerte seinen rechten Arm mit der Linken.

»Das muß Hoogan sein, der geschossen hat«, rief ich Phil zu. »Los, wir greifen uns die Burschen.«

Wie ein Mann sprangen wir auf und rannten zur Mauer hinüber. Von den zwei Gangstern drohte keine Gefahr mehr. Ich nahm ihre Waffen an mich, während Phil zum Jeep hinüberspurtete und nach den beiden Wachleuten sah.

Ich wandte mich dem Gebäude zu.

»Hoogan«, rief ich, »wo sind Sie?«

»Hier«, kam es schwach zurück, »ich bin angeschossen.«

»Jerry, die beiden Wächter sind verletzt«, rief jetzt mein Kollege. »Kommst du allein zurecht?«

»Ich denke schon.«

Die nächsten paar Minuten vergingen in fieberhafter Tätigkeit. Zunächst legte ich dem einen Gangster, der nur leicht verletzt war, die Armbänder an. Sein Komplize war in den Rücken getroffen und bestimmt fluchtunfähig. Also rannte ich zu Hoogan hinüber. Er lag schwer atmend auf dem Rücken. Über seine Lippen drang Blut.

»Die Schweine haben mir von hinten eins verpaßt«, brachte er mühsam hervor. »Sie haben meine Tochter.«

»Das wissen wir bereits. Bleiben Sie still liegen! Es wird gleich Hilfe kommen. Danke, daß Sie uns unterstützt haben.«

Ich bemerkte nahe bei mir eins der Außentelefone für die Wächter an der Hauswand. Wenig später war die Hauptwache alarmiert und Hilfe unterwegs. Ich lief zu den Gangstern zurück und bemühte mich um den Schwerverletzten. Er sah schlecht aus. Der Einschuß saß unter dem linken Schulterblatt und mußte eine starke innere Blutung ausgelöst haben. Das eingefallene Gesicht und die unnatürlich herausstechende Nase sprachen eine deutliche Sprache. Der Mann lag im Sterben.

»Sie können ein gutes Werk tun«, sagte ich zu ihm. »Wo wird das Mädchen festgehalten? Wollen Sie sprechen?«

Der Mann deutete ein Nicken an. Seine Lippen bewegten sich. Ich beugte mich zu ihm hinunter. An den Knien fühlte ich die Feuchtigkeit des Bodens.

»Wo ist das Girl?« wiederholte ich eindringlich.

»Bronx«, formten die Lippen des Sterbenden mühsam, »Baychester . . .«

»Ja, verstanden, in der Bronx, Bezirk Baychester«, sagte ich, »welche Straße, welches Haus? Reden Sie! Das Girl ist ein unschuldiges Opfer. Es kann nichts dafür.« Dabei brachte ich mein Ohr dicht vor den Mund des etwa 40jährigen Mannes. Sein Gesicht kam mir bekannt vor, aber die Beleuchtung war hier nur schwach.

»Lodovik Street«, verstand ich, »H-a-u-s z-w-i-s-c-h-e-n z-w-e---i- B-r-a-n-d-r-u-i-n-e-n . . .« Ein krampfhafter Hustenanfall schüttelte den Verwundeten. Ganz plötzlich bäumte er sich auf, fiel schlaff zusammen und lag still. Er war tot. Ich richtete mich auf.

Draußen auf der Straße hörte ich einen Wagen mit durchdrehenden Reifen abfahren. Der entkommene Gangster hatte anscheinend noch gewartet, ob seinen Komplizen ebenfalls die Flucht gelingen werde. Nun machte er sich aus dem Staub.

Ein Jeep mit vier Wächtern bog um die Ecke und stoppte bei uns. Die Männer kamen uns zu Hilfe.

»Polizei und Ambulanz sind auf dem Weg«, rief uns einer zu. Dann bemühten sie sich um ihre verletzten Kollegen und um Hoogan.

Phil kam zu mir herüber.

»Ex?« fragte er und wies auf den einen Gangster.

Ich nickte. Selbst nach so langer Zeit sind mir Tote ein Anblick, der mich nie unberührt läßt.

»Ich weiß, wo sie das Girl gefangenhalten«, sagte ich dann. »Wir müssen schnellstens hin. Hoogan hat zwei von den Kerlen an der Flucht gehindert. Wenn der dritte das mitbekommen hat, ist das Mädchen in Lebensgefahr.«

»Okay, Jerry, worauf warten wir noch? Das hier können die Wächter abwickeln. Ich sage ihnen Bescheid.«

Eine Minute später brausten wir mit dem Jeep zur Wache zurück. Von dort rief ich das Office an und beorderte vier Kollegen in die Lodovik Street in Baychester. Dann warfen wir uns in meinen Jaguar, und ich machte Dampf auf.

*

Die Fahrt mit Rotlicht und Sirene nahm etwas mehr als eine halbe Stunde in Anspruch. Auf dem letzten Stück standen wir über Funk mit den vier Kollegen in Verbindung, deren Wagen ebenfalls so schnell wie möglich nach Baychester raste. Auch die City Police war verständigt worden, hatte jedoch Order erhalten, sich bis auf weiteres von der Lodovik Street fernzuhalten.

Eine Meile vor dem Ziel schaltete ich die Sirene aus, und Phil nahm das magnetisch haftende Rotlicht vom Wagendach. Die Bewacher des Mädchens durften unser Kommen nicht bemerken. Ich hatte entschieden, das Gangsterversteck wenn irgend möglich im Handstreich zu nehmen.

Wir kamen zum verabredeten Treffpunkt mit den Kollegen. Sie waren schon da. Ein begrüßendes Kopfnicken, dann Einsatzbesprechung.

»Es dürfte eins der üblichen alten Mietshäuser sein«, sagte ich nach kurzer Einführung. »Wenn möglich kommt eine Gruppe von uns über das Dach von oben, die andere von unten. Verteilt euch locker, Boys! Den Rest legen wir fest, wenn wir den Kasten vor uns haben.«

Es gab keine langen Fragen. So etwas ist bei uns oft geübte Routine. In zwei Gruppen zu je drei Mann gingen wir los. Jeder trug ein kleines Funksprechgerät am Gürtel. Auf dem Weg legten wir einen einfachen Code fest. Dann bogen wir in die Lodovik Street ein.

Dort gab es mehrere ausgebrannte Häuser. Glücklicherweise existierte nur eine einzige Stelle, an der sich ein noch intaktes Haus zwischen zwei solchen Mauerskeletten befand.

»Da ist es.« Ich deutete hinüber. Wir standen im Dunkel einer Durchfahrt zu einem Hinterhof. Auf der Straße war um diese späte Stunde nur noch wenig Bewegung. Niemand schien sich um uns zu kümmern. Ich war jedoch sicher, daß wir beobachtet wurden. Sechs jüngere kräftige Männer in guter Straßenkleidung blieben hier nicht unbemerkt. Um so schneller mußten wir handeln.

»Kann man da rauf, Jerry?« Phil meinte die beiden ausgebrannten Häuser. »Außerdem, welche von den drei Wohnungen ist es?« Er wies hinüber. Im ersten, zweiten sowie vierten Stock waren Fenster erleuchtet. Auf den anderen Etagen gähnten die meisten Fensterhöhlen leer oder die noch vorhandenen Scheiben war mindestens zum Teil zersplittert.

»Die Ruinen sind zu unsicher«, stellte ich fest. »Sich über die wahrscheinlich stark zerstörten Treppen zu tasten, würde zu lange und zu auffällig sein.«

»Außerdem zu gefährlich«, ergänzte einer der anderen Kollegen.

»Okay, dann machen wir es anders«, sagte ich. »Drei Wohnungen, also für jede zwei Mann. Wir gehen rüber und beziehen vor den Türen Position. Auf Pfiff wird geläutet. Sobald jemand aufmacht, mit Gewalt rein! Die Befreiung einer Geisel rechtfertigt das Vorgehen.«

Allgemeines Kopfnicken. Die ersten zwei überquerten die Straße und verschwanden im Haus. Dann die nächsten. Zuletzt Phil und ich. Wir hatten die Wohnung im 4. Stock ausgewählt. Beim Licht von Taschenlampen kamen wir an den bereits wartenden Kollegen vorbei. Es herrschte Spannung. Leises Flüstern. Vorsichtig stiegen Phil und ich nach oben. Im Treppenhaus stank es nach nassem Mauerwerk, Müll und Urin.

Wir kamen an die Tür in der 4. Etage. Phil stellte sich links in Deckung. Er zog den Revolver. Ich steckte zwei Finger in den Mund. Funksprechverkehr erübrigte sich hier. Wir waren in guter Hörweite.

Mein leiser Pfiff erklang. Dann drückte ich auf den Klingelknopf. Drinnen surrte ein Summer. Wir warteten gespannt. Zunächst rührte sich nichts.

Von unten hörten wir Geräusche, Türenklappen, Stimmen. Die Kollegen waren bereits eingedrungen. Jetzt endlich näherten sich auch bei uns Schritte der Tür.

»Bist du es, Gino?« fragte eine Frauenstimme.

Ich schaltete sofort. Damit war höchstwahrscheinlich der Gangster Brolli gemeint. Wir hatten die richtige Wohnung gefunden.

»Los!« sagte ich leise zu Phil, trat zurück, nahm ein paar Schritte Anlauf und warf mich mit der Schulter voran gegen die Tür.

Ich hatte Glück, denn sie krachte auf. Eine Frau kreischte los. Ich stieß sie zur Seite. Phil war dicht hinter mir. In unserem Rücken brüllte die Frau etwas von *Vorsicht* und *Bullen*.

Von dem schmalen Flur zweigten rechts drei Türen ab. Er endete vor einer vierten. Die flog auf, und ein Mann in

Hemdsärmeln stürzte heraus. Er hatte eine Waffe in der Hand, sie aber noch nicht angeschlagen. Er wollte zu der ihm am nächsten liegenden Seitentür. Dahinter vermutete ich die Geisel.

»FBI!« rief ich laut und spurtete auf ihn zu. »Waffe weg!« Hinter mir gab Phil einen Warnschuß an die Decke ab. Das verschaffte mir die zwei Sekunden, die ich brauchte. Der Mann zögerte ganz kurz. Aber da hatte ich ihn auch schon erreicht und schleuderte ihn zu der Tür zurück, aus der er gekommen war. Zusammen landeten wir auf dem Boden einer schmierigen Küche.

Er lag unter mir. Ich entwand ihm die Pistole. Dabei löste sich ein Schuß. Dann versetzte ich dem Mann einen Schwinger gegen das Kinn. Er war fürs erste groggy.

»Miß Hoogan«, rief hinter mir mein Kollege, »hier ist die Polizei! Melden Sie sich.« Gleichzeitig mußte er die Frau von sich abhalten. Sie attackierte meinen Kollegen mit Händen und Füßen, schlug, trat, spie und kratzte.

»Hier bin ich«, erklang eine leise Stimme hinter der nächsten Tür.

»Wir kommen gleich!« rief ich zurück. Zunächst mußten wir die tobende Frau bändigen. Wir banden sie schließlich mit einem losgerissenen Elektrokabel an einen Stuhl in der Küche.

Dann traten wir die Zimmertür ein. Dahinter erwartete uns ein verschüchtert wirkenden junges Mädchen. Angstvoll starrte sie uns entgegen.

Wir mußten erst unsere Dienstausweise zeigen, ehe Jenniffer Hoogan uns glaubte. Dann begann sie erleichtert zu weinen.

Nachdem sich die Wogen gelegt und die Frau sowie der männliche Bewacher abtransportiert worden waren, brachte ich Jennifer nach Hause, Phil begleitete die Gefangenen, um sie einer ersten Vernehmung zuzuführen. Ihre Mutter öffnete. Als sie ihre Tochter unversehrt vor sich stehen sah, gab es erneut Tränen.

»Haben Sie Nachricht von Ihrem Mann?« fragte ich, nachdem die erste Erregung vorüber war.

»Sie operieren ihn gerade. Man hat mich von Hospital aus angerufen.« Mrs. Hoogan erkannte erst jetzt in mir den angeblichen Doktor Martin. »Danke, daß Sie eingegriffen haben, Mr. Cotton. Ich wäre vor Angst fast gestorben.«

»Was sagen die Ärzte, Mam?« fragte Jennifer. Ich hatte sie auf der Fahrt ins Bild gesetzt.

»Dad hat einen Lungendurchschuß. Sie geben ihm gute Chancen.«

Ich blieb noch so lange, bis die beiden Frauen sich einigermaßen beruhigt hatten. Dann fuhr ich nach Hause, um wenigstens ein paar Stunden zu schlafen. Auf der Fahrt telefonierte ich noch mit Phil. Wir verabredeten, im Laufe des Tages Hoogan zu vernehmen, falls er dazu fähig sein würde.

Phil erklärte mir auch, warum mir das Gesicht des von Hoogan erschossenen Gangsters bekannt vorgekommen war.

»Er ist ein gewisser Buck Owen. Wir haben herausgefunden, daß er in letzter Zeit als Gorilla von Jack Dotzman gearbeitet hat.«

»Der Kerl hat kürzlich durch die Tür auf uns geballtert.« Ganz plötzlich war die gedankliche Verbindung wieder da. »Wie geht es den beiden Wachleuten?«

»Beide schwer, aber nicht lebensgefährlich verletzt, Jerry. Aber schalte jetzt mal ab! Ich brauche dich noch. So long.«

»Witzbold«, sagte ich und trennte.

*

Gino Brolli hatte nach seiner gelungenen Flucht über die Mauer im startbereiten Wagen noch kurz gewartet. Als er die letzten Schüsse hörte und seine beiden Komplizen nicht erschienen, flüchtete er. In der Tasche fühlte er die kleine schmale Schachtel mit den sechs Ampullen des geheimnisvollen Medikaments, auf das sie angesetzt gewesen waren. Wie von Dotzman auf Weisung Gettoros befohlen, brachte er seine Beute auf dem schnellsten Weg zur Privatklinik des Doktor Falinio.

Die als teuer bekannte Fachklinik für innere Krankheiten lag in dem östlichen Vorort Oceanside. Brolli parkte das Auto eine Straße weiter und rief von einer Sprechzelle aus an. Falini sagte ihm, er sollte an der Nebenpforte klingeln.

Einige Minuten danach stand der Gangster dem Arzt gegenüber. In der Klinik war alles ruhig. In dem relativ kleinen Haus war Brolli vorher nur einer Nachtschwester begegnet.

»Hier ist das Zeug.« Brolli übergab die kleine weiße Schachtel.

»Haben Sie auch genau das genommen, was Ihnen aufgetragen wurde?« erkundigte sich Doktor Falini. Er nahm den Deckel ab, zog eine der kleinen Ampullen heraus und betrachtete sie. Die Glasdinger wiesen kein Etikett auf. Nur die Schachtel trug eine Aufschrift. X-867.

»Es ist das X-867, Doktor«, sagte Brolli. »Sicherheitshalber habe ich mir die Nummer sogar aufgeschrieben.«

»Nun gut, danke, Sie können gehen«, sagte Falini und steckte die Schachtel ein. »Ich werde Don Rico unverzüglich benachrichtigen.

»Okay, Doktor.«

Brolli trollte sich. Er hatte jetzt nur noch den gestohlenen Wagen wegzubringen und Dotzman zu berichten. Am liebsten hätte er es dem Don direkt mitgeteilt, daß trotz des Zwischenfalls der Auftrag erfüllt worden war, aber er mußte den *Dienstweg* einhalten. Leise Unruhe erfüllte ihn bei dem Gedanken, daß Owen und der dritte Mann geschnappt worden sein mußten. Würden sie dichthalten? Nun, das würde sich zeigen, dachte Brolli.

Sobald es brenzlig werden sollte, würde er sich an die Westküste absetzen. San Francisco war das Sprungbrett nach Taiwan. Glücklicherweise hatte er vorgesorgt.

Er fuhr los. Irgendwo in dem weitläufigen Queens würde er das Auto stehenlassen. Er fuhr ruhig, sorgfältig darauf bedacht, die Verkehrsvorschriften einzuhalten.

Nach einer Weile bemerkte er einen Patrolcar hinter sich. Die Polizeistreife folgte ihm ein Stück. Es war nicht zu erkennen, ob die Cops zufällig denselben Weg fuhren oder sich an ihn gehängt hatten.

Brolli beobachtete mit einem Auge ständig den Rückspiegel. Bisher war er geradeaus gefahren. Gleich würde er abbiegen, und falls ihm der Patrolcar folgte, noch einmal und noch einmal. Spätestens dann würde er es genau wissen. Zwar war das Auto erst am vergangenen Abend gestohlen worden, aber die Nummer konnte bereits an alle Streifen durchgegeben worden sein. Gewöhnlich dauerte das allerdings länger, meist einen Tag oder mehr.

Brolli konzentrierte seine Aufmerksamkeit zu sehr nach hinten. Deshalb bemerkte er ein Auto zu spät, dessen Fahrer unachtsam aus einer Parklücke auf die Fahrbahn ausscherte. Er riß seinen Wagen zwar noch nach links, aber die beiden Autos stießen doch noch mit den Kotflügeln zusammen.

Brolli war hier im Recht. Normalerweise hätte er gestoppt. Wenn man aber ein gestohlenes Fahrzeug fährt, kann man sich nicht gut mit der Polizei unterhalten. Auch nicht über einen Blechschaden.

Brolli gab Vollgas. Sein Wagen beschleunigte voll. Hinter ihm jaulte die Polizeisirene auf. Er fluchte laut, als er das Auto nach rechts in eine Nebenstraße riß. Das ausscherende Heck karambolierte mit einem geparkten Fahrzeug, aber Brolli achtete nicht darauf. Es kam jetzt nur darauf an, den Cops zu entkommen. Bei einer erneuten Festnahme wegen Autodiebstahls hatte er keine

Chance, vor der Verhandlung nochmals auf freien Fuß gesetzt zu werden.

Auch bei der Verfolgung eines flüchtenden Autofahrers haben Polizisten die strenge Weisung, Dritte so wenig wie möglich zu gefährden. Ein Gangster hält sich nicht daran. So war Brolli im Vorteil, und er wußte das. Allerdings nicht lange, denn über Funk würden andere Streifenwagen zu seiner vermutlichen Fluchtroute beordert werden. Die Zeit arbeitete also gegen ihn.

Brolli fuhr wie ein Wilder. Er riß den schweren Buick wie bei einem Stock-Car-Rennen um die Kurven. Demolierte Fahrzeuge kennzeichneten seinen Weg. Sein Ziel war, außer Sichtweite der Cops zu kommen. Das gelang ihm drei Straßen weiter.

Kurz entschlossen riß er den Wagen in eine Hofeinfahrt. Von hier wollte er zu Fuß weiterflüchten. Die verfolgenden Polizisten mußten glauben, er sei schon weiter. Brolli war schon halb drinnen, als er dicht vor sich einen anderen Wagen bemerkte, der soeben auf die Straße gefahren wurde. Dessen Fahrer hatte die Scheinwerfer noch nicht eingeschaltet, und Brolli hatte das Fahrzeug deshalb nicht gesehen.

Zum Stoppen war es zu spät. Er trat zwar noch das Bremspedal voll durch, aber die Autos prallten doch heftig gegeneinander. Es krachte laut. Die Fahrzeuge steckten beide in der Einfahrt. Hinten brauste in diesem Moment rotlichtzuckend und sirenenheulend der Patrolcar vorbei. Den Cops war der Vorfall entgangen. Sie hatten Brolli nicht abbiegen gesehen.

Der Gangster war nicht angeschnallt gewesen und vom plötzlichen Stopp nach vorn geschleudert worden. Mit der Brust war er auf das Lenkrad und mit der Stirn auf die Frontscheibe aufgeschlagen. Aus einer Platzwunde lief ihm Blut über die Augen. Die Rippen schmerzten.

Fluchend stieg Brolli aus. Mit dem Ärmel wischte er sich das Blut aus dem Gesicht. Mehr automatisch als bewußt hatte er die Pistole aus der Schulterhalfter gezogen. Geduckt horchte er, aber von der Polizei hörte er nichts mehr.

Ohne sich um den Fahrer des von ihm gerammten Wagens zu kümmern, eilte er auf die Straße und machte, daß er wegkam. Die Blutung der aufgeplatzten Stirnhaut hielt er mit einem Taschentuch zurück. Bald erkannte er jedoch, daß er ärztliche Hilfe benötigte. Er suchte eine Sprechzelle und rief Dotzman an. Mit kurzen Worten schilderte er die Vorfälle und seine Lage.

»Weißt du einen Arzt?« fragte er drängend. »Ich blute wie ein abgestochenes Schwein.«

»Verdammter Mist, konntest du nicht aufpassen?« schimpfte Dotzman. »Wo soll ich jetzt auf die schnelle einen Quacksalber herzaubern?«

»Dann bleibt nur Falini.« Brolli hatte die Übersicht behalten. »Komm hier vorbei und fahr mich hin.« Er beschrieb, wo die Telefonzelle lag. »So wie ich jetzt aussehe, kann ich kein Taxi nehmen. Der Driver würde Verdacht schöpfen.«

»Okay, ich komme so schnell wie möglich.«

»Mach nicht auch noch Bruch!« Brolli hängte den Hörer ein.

Dotzman ärgerte sich mächtig darüber, zu dieser Stunde loszumüssen. Vorher aber klingelte er seinerseits Gettoro aus dem Schlaf und teilte ihm den gelungenen Coup bei der Benson Pharma mit. Dann eilte er auf die Straße, schwang sich ins Auto und brauste ab.

*

Amadeo Scarli fühlte sich sterbenselend. Seit zwei Tagen war er gegen Kaution aus der Haft entlassen und in die Klinik Doktor Falinis gebracht worden. Er wußte, daß sein Onkel Rico hinter dieser Maßnahme steckte. Von den weiteren Absichten des Don hatte er allerdings keinen Schimmer, sonst hätte er sich noch bedeutend elender gefühlt.

Falini begann sofort mit der Entgiftung. Zwar spritzte er Amadeo mildernde Medikamente, dosierte sie aber äußerst sparsam.

Der weichlich aussehende junge Mann litt daher stark unter den Entzugserscheinungen. Er zitterte, fror, fühlte quälende Unruhe und war zudem wütend auf alle außer sich selbst.

Auf sein beharrliches Klingeln hatte seit Stunden niemand die verschlossene Tür geöffnet. Vor dem Fenster des im ersten Stock gelegenen Zimmers befand sich ein solides Gitter. Außerdem waren die Fenstergriffe abgeschraubt.

Amadeo fluchte, schrie, weinte und trat gegen die Tür. Als das alles niemand herbeibrachte, begann er die Zimmereinrichtung zu demolieren.

Zuerst zertrümmerte er einen Stuhl, um ein Schlagwerkzeug zu haben. Mit einem Bein hieb er dann das Waschbecken in Stücke und den Spiegel in Scherben. Radio und Fernseher erlitten das gleiche Schicksal. Dann machte sich Amadeo über die Kommode her. Nachdem er sie geräuschvoll zerlegt hatte, wandte er sich dem Bett zu. Er wunderte sich, daß trotz des Lärms niemand erschien.

Gerade schickte er sich an, die Fensterscheiben einzuschlagen, als die Tür in seinem Rücken aufgeschlossen wurde. Aggressiv fuhr er herum, das Stuhlbein zum Schlag erhoben. Er war entschlossen, jetzt auszubrechen. Er glaubte, die Nachtschwester werde erscheinen. Aber sie war es nicht.

In der Tür standen vier Männer. Sein Onkel Rico, Doktor Falini, ein weiterer Mann mittleren Alters und ein jüngerer mit lockigem Haar und einem großen Pflaster an der Stirn.

»Hör sofort auf!« herrschte ihn sein Onkel an. »Bist du

verrückt geworden? Leg dich sofort hin! Doktor Falini gibt dir jetzt eine Spritze. Sie wird dir helfen.«

»Ich will hier raus!« schrie Amadeo trotzig. »Laßt mich sofort raus aus dem Dreckskasten!«

»Nimmst du jetzt Vernunft an oder nicht?« fragte Gettoro eisig. Er hatte seinen Neffen nie leiden mögen. Jetzt, in einem viel zu großen Pyjama der Klinik, unrasiert und ungewaschen, widerte ihn der Bengel an.

»Nein«, brüllte Amadeo, »ich sag's Dad, wenn ihr mich nicht sofort rauslaßt. Was bildet ihr euch ein, mich hier einzusperren?«

Gettoro winkte den beiden Männern in seiner Begleitung. Falini trat zur Seite. Die beiden kamen mit unheilverkündenden Mienen auf Amadeo zu. Der versuchte zwar, sich mit dem Stuhlbein zu wehren, aber ehe er noch den ersten Schlag gelandet hatte, wurde es ihm entrissen.

Die Männer schleiften den Schreienden, der mit den Füßen wild um sich zu treten versuchte, zum Bett, warfen ihn auf den Rücken und hielten ihn fest.

»Geben Sie ihm die Spritze!« befahl Gettoro.

»Übernehmen Sie die Verantwortung, Don Rico?« erkundigte sich Falini unbehaglich. »Das Mittel ist klinisch noch nicht erprobt.«

»Dann fangen Sie hier damit an!«

Gettoro begleitete seinen Befehl mit einer herrischen Bewegung. Er konnte der Verschwiegenheit des Arztes sicher sein. Dotzman und Brolli würden sowieso nichts sagen.

Falini wußte das auch. Er nickte, streifte Amadeo den Ärmel hoch und staute die Vene. Dann sägte er einer der Ampullen, die ihm Brolli vor etwa zwei Stunden überbracht hatte, die Spitze ab, zog die Spritze auf und verabreichte Amadeo die kleine Menge von einem Milliliter intravenös.

»So«, sagte er, nahm die Staubinde ab und richtete

sich auf. Als Arzt war er gespannt darauf, ob, wie und wann sich eine Wirkung zeigen werde.

Es vergingen knapp drei Minuten. Dotzman und Brolli hatten Amadeo losgelassen. Der junge Mann lag auf dem Bett und blickte finster um sich. Augenscheinlich wartete er auf ein Abklingen der Heroinentzugserscheinungen.

Die Krämpfe setzten ganz plötzlich ein. Durch den Patienten ging ein Ruck. Er versuchte zu schreien, aber die Atemmuskulatur spielte kaum noch mit. Aus dem weit aufgerissenen Mund kam lediglich ein dumpfes Röcheln.

»Madonna mia, was ist das?« stieß Doktor Falini hervor. Er war mit einem großen Schritt am Bett, fühlte den Patienten ab und setzte das Stethoskop an, um die Herztöne zu prüfen.

Ein furchtbarer Schlag traf seinen Kopf. Halb bewußtlos rollte er neben dem Bett auf den Linoleumboden. Amadeo hatte sich nach der anderen Seite verkrampft und mit seinem Kopf den Kopf des Arztes getroffen.

Der junge Mann war kurz nach Einsetzen des ersten Krampfes bewußtlos geworden. Danach spürte er nichts mehr.

Amadeos Körper verkrampfte sich einmal nach vorn, so daß der Kopf auf die Knie schlug, dann wieder wie ein gespannter Brückenbogen nach rückwärts. Die Intervalle zwischen den Konvulsionen wurden immer kürzer.

Gettoro und die beiden Gangster verfolgten das unglaubliche Ereignis mit Verwunderung, dann mit unverhohlenem Grauen. Längst war der Körper durch die ebenso wilde wie unnatürlich anmutende Bewegung vom Bett gefallen. Ganz plötzlich lag er still. Übergangslos trat der Tod ein.

Es kennzeichnet die Abgebrühtheit der drei Männer, daß sie sich schnell faßten. Dotzman und Brolli sahen Gettoro fragend an.

»Du hast das Richtige mitgenommen?« Gettoros Stimme kam schleppend. Die Frage war an Brolli gerichtet.

»Genau wie angeordnet, Don Rico. Wir sollten das Präparat X-867 bringen, und genau das steht auf der Schachtel.« Brolli trat schnell neben Falini, der immer noch stöhnend am Boden lag und sich den Kopf hielt, griff in dessen Jackettasche und holte die schmale weiße Pappschachtel heraus. »Bitte, Don Rico.«

Gettoro sah sich die Beschriftung an und nickte. Er wußte, hier lag ein Unglücksfall vor. Sein wacher Verstand beschäftigte sich bereits mit der Abwendung der voraussichtlichen Folgen. Die Eltern Amadeos waren am meisten zu fürchten. Seine Schwester Renata würde zunächst eine theaterreife Szene hinlegen und sich anschließend in eins der ersten Modeateliers stürzen, um sich passende Trauerkleidung anfertigen zu lassen.

Gefährlicher würde Remo Scarli sein. Nicht etwa, weil er seinen Sohn geliebt hätte. Sondern weil er die Führung der Gettorofamilie anstrebte. Scarli würde nicht versäumen, seinem Schwager den Tod Amadeos in die Schuhe zu schieben und nicht nur das.

Doktor Falini unterbrach Gettoros Gedankenfluß. Taumelnd kam er auf die Beine und starrte verständnislos auf die Leiche des jungen Mannes.

»Aber wie konnte das geschehen?« sagte er halblaut wie zu sich selbst.»Diese fürchterlichen Krämpfe!« Er schüttelte den Kopf. »Ich habe Sie gewarnt, Don Rico«, wandte er sich mit deutlicher Angst an Gettoro.

Der hatte bereits seine Entschlüsse gefaßt.

»Regen Sie sich nicht auf, Falini. Der da«, er zeigte auf Amadeo, »hat das Mittel nicht vertragen oder was weiß ich. Sie werden den Totenschein ausstellen. Akutes Herz- und Kreislaufversagen. So was kann doch bei einem Fixer auch tatsächlich eingetreten sein.«

»Sicher, aber wenn es eine Obduktion gibt . . .«

»Es wird keine geben, dafür sorge ich. Sie werden nicht reden, und von uns spricht auch keiner.« Ein unheildrohender Blick streifte die beiden Gangster, die als

Antwort nachdrücklich die Köpfe schüttelten. »Okay, schaffen Sie die Leiche weg! Ihr Personal brauchen wir nicht. Die beiden werden Ihnen helfen.«

»Wie Sie wünschen, Don Rico«, meinte Falini und rieb sich die schmerzende Stirn, wo ihn der Zusammenprall getroffen hatte. »Soll ich die Angehörigen benachrichtigen, oder werden Sie das übernehmen?«

»Natürlich machen Sie das«, wies Gettoro ihn zurecht. »Von uns ist doch gar keiner dagewesen, Mann!«

»Nun ja, natürlich, entschuldigen Sie. Ich bin noch etwas benommen. Einen Augenblick, ich hole eine Rollbahre.«

Falini verließ das Zimmer. Gettoro blieb mit den beiden Gangstern zurück.

»Das war das Mittel, Don Rico«, sagte Dotzman um das Schweigen zu brechen, das über ihnen lastete.

»Sicher, was wohl sonst«, sagte Gettoro ruhig. Er war mit seinen Überlegungen zu Ende. »Demnach muß der Bericht falsch gewesen sein. Ich frage mich, weshalb. Wollte man uns bewußt an der Nase herumführen?«

»Dann müßte die Conway die Wanze bemerkt haben«, sagte Dotzman.

»Vielleicht war sogar Gift in der Ampulle«, bemerkte Brolli mit Betonung. Er wollte sich wichtig machen.

Gettoro nickte. »Egal wie, ich muß es wissen. Das bedeutet Arbeit für euch.« Er winkelte das Handgelenk hoch. »Drei Uhr vorbei, ihr könntet es noch schaffen. Wißt ihr, wo die Conway wohnt?«

»Sicher, Don Rico, in Hewlett Harbor«, sagte Brolli beflissen. »Am Thixton Drive hat sie ein kleines altes Holzhaus. Da werkelt sie häufig in ihrer Freizeit rum.«

»Lebt sie allein?«

»Soviel ich weiß, ja.«

»Gut, dann fahrt hin und greift sie euch! Bringt sie hierher!«

»Wir sollen sie hierherbringen?« vergewisserte sich

Dotzman. »Aber sie könnte das Haus wiedererkennen. Oder uns. Oder sonstwen. Haben Sie das bedacht, Don Rico?«

»Sicher, das kann sie ruhig. Sie wird nämlich die Klinik nicht mehr lebend verlassen. Sie wird hier sterben. Vorher wird sie alles sagen, was sie über das Mittel und über die ganzen Versuche weiß. Ich muß Klarheit haben. Wenn jemand sie mir verschaffen kann, dann diese Conway.«

»Die Aktion ist nicht vorbereitet, Don Rico«, wandte Dotzman ein. »Wir sind nur zu zweit. Es könnte Schwierigkeiten geben. Wenn wir wenigstens Verstärkung bekämen! Zwei oder drei Mann!«

»Dazu ist keine Zeit mehr. Außerdem sollen so wenige wie möglich von der Sache wissen. Schließlich wird sie einen tödlichen Ausgang haben. Also geht schon und bringt das Weibstück her!«

»Wir machen das schon, Don Rico«, sagte Brolli zuversichtlich. Er winkte Dotzman. Beide schoben ab. Dem älteren Gangster war der Widerwille gegen die improvisierte Aktion deutlich vom Gesicht abzulesen.

Aber gegen Gettoros Befehl gab es keinen Widerspruch.

Die beiden verließen die Klinik, gingen durch den großen Garten hinaus auf die Straße und stiegen in Dotzmans Auto.

»Aber das ist doch glatte Scheiße! Wie stellt er sich das vor?« schimpfte Dotzman, als er den Motor startete. »Sollen wir etwa mit meinem eigenen Wagen zum Kidnapping vorfahren?«

»Keine Sorge, ich reiße mir ein paar Straßen weiter 'ne Karre unter den Nagel«, beschwichtigte Brolli. »Hält der Verband?«

»Es kommt kein Blut durch. Wie war das Nähen?«

»Es gibt Schlimmeres. Los, beeile dich! Wir wollen sie haben, ehe es hell wird.« Brolli umriß, wie er vorzugehen gedachte. »Jede Wette, wenn ich der die Puste vor den Bauch halte, frißt sie mir aus der Hand.«

»Und wenn einer bei ihr ist?«

»Den lege ich um, was wohl sonst?« meinte Brolli und grinste. »Ich sage dir, bloß keine Halbheiten!«

»Okay, also probieren wir's«, gab Dotzman zurück und hob die Schultern.

Währenddessen telefonierte Gettoro von der Klinik aus mit Fan-Scheding, dem Mann aus Taiwan. Ohne auf Einzelheiten einzugehen, teilte er dem Chinesen mit, das besagte Medikament habe seine Wirkungslosigkeit bewiesen. Die Sorgen der Geschäftsfreunde auf der Insel seien demnach gegenstandslos. Die Angelegenheit sei ganz offensichtlich gerüchtweise aufgebauscht worden.

Fan-Scheding nahm die Nachricht kommentarlos zur Kenntnis, bedankte sich gemessen und trennte die Verbindung. Da er im Besitz einer Tonkopie des besagten Berichts von Doktor Conway war, was Gettoro nicht wußte, glaubte er ihm jedoch nicht. Fan vermutete vielmehr, der Don wolle ihn lediglich beruhigen und die Sache durch Herunterspielen in Vergessenheit geraten lassen.

Der Chinese war von der Echtheit des abgehörten Berichts überzeugt. Er traute ihm mehr als Gettoros Worten. Daher sah er keinen Anlaß, die Sondersitzung der Commissione abzusagen, die auf seine Bitte am heutigen Tag stattfinden würde. Er wollte dabei den Häuptern der New Yorker Mafiafamilien die Besorgnisse der Gruppe auf Taiwan wegen des Gegenmittels vortragen.

Seiner Bitte, Gettoro zu dieser Sitzung nicht einzuladen, war entsprochen worden, ein Zeichen für die geschwächte Stellung Don Ricos im Rat der obersten Bosse. Die monatelange Wühlarbeit Remo Scarlis gegen seinen Schwager war nicht ohne Wirkung geblieben.

*

Tricia Conway erwachte von einem Geräusch. Die Leuchtziffern der Digitaluhr neben dem Bett zeigten 4.18 Uhr. Draußen war es noch finster. Sie horchte. War etwa Wind aufgekommen? Hatte ein loser Fensterladen gegen die Wand geschlagen? Sie vernahm nichts, glaubte sich geirrt zu haben und drehte sich auf die andere Seite, um wieder einzuschlafen.

Eine halbe Minute später erstarrte sie vor Schreck. Deutlich hatten die alten Dielen im Flur vor dem Schlafzimmer geknarrt. Jetzt wieder. Kein Zweifel, jemand befand sich im Haus.

Tricia tastete nach dem Telefon und hob den Hörer ab. Kein Freizeichen. Die Leitung war tot! Mit zitternden Fingern schaltete sie die Nachttischlampe ein. Gerade rechtzeitig, um zu sehen, wir die Türklinke langsam heruntergedrückt wurde.

Die Wissenschaftlerin war vor Angst nicht fähig, etwas zu tun. Eine Waffe besaß sie nicht. Jetzt ging die Tür auf. Ein junger Mann in einem hellen Trenchcoat trat ein, als sei er hier zu Hause. Rasch spähte er in die Ecken des Zimmers. Die schwere Pistole in seiner Faust schwenkte mit.

»Was, keiner da, der mit dir bumst, Baby?« fragte er dann und grinste.

»Was wollen Sie?« brachte Tricia heraus. Es war etwas anderes, von Gangstern zu hören oder ihnen gegenüberzustehen.

»Dich zu 'ner Party einladen. Los, zieh dich an und komm mit! Versuch keine Tricks, wir sind zu zweit und leben von solchen Jobs, klar. Du sollst lebend und gesund abgeliefert werden, also mach's uns nicht zu schwer. Falls du uns in die Klemme bringst, vielleicht schreist oder so, müssen wir dich erschießen. Ist das auch klar?« Die Worte kamen ruhig und sachlich. Tricia blickte in die Mündung des aufgeschraubten Schalldämpfers.

»Ja«, sagte sie leise. Dann stand sie auf und ließ das Nachthemd fallen.

Der Gangster pfiff anerkennend. Er stand einfach da und versuchte nicht, sich ihr zu nähern. Tricia erkannte daraus, daß der Mann tatsächlich im Auftrag handelte.

Sie zog sich an, lange Hosen, Pullover, eine Jacke.

»Genügt das?«

»Sicher, Abendkleid ist nicht vorgeschrieben. Wir gehen jetzt raus zum Auto, du voraus. Versuch nicht wegzulaufen, es wäre zwecklos. Also dann!«

Tricia erschien alles wie ein Alptraum. Als sehe sie sich selber dabei zu, ging sie auf die Straße. Vorher hatte sie sogar noch das Haus abgeschlossen. An der linken Seite hing die abgerissene Telefonleitung herunter.

Hier draußen brannten nur wenige Straßenleuchten. In den alten Bäumen rauschte leise der Wind. Tricia stieg hinten in den Wagen, den der Gangster bezeichnete. Ein zweiter Mann saß am Steuer. Sein ihr zugewandtes Gesicht war nur ein helles Oval. Sie mußte sich auf den Boden vor die Sitzbank legen. Der junge Mann warf eine Decke über sie. Dann fuhr der Wagen ab.

Es dauerte längere Zeit. Die beiden Männer schwiegen. Ein paarmal setzte Tricia zum Sprechen an, unterließ es dann aber. Die Männer wußten entweder nichts oder würden ihr keine Auskunft geben.

Sie konnte sich denken, womit die Entführung zusammenhing. Jetzt, im Angesicht der Gefahr, verwünschte sie ihre Idee, eine falsche Erfolgsnachricht auszustreuen. Sie hatte die Gangster irreführen wollen. Jetzt würde sie einem Unterweltboß Auskunft geben müssen. Ob es möglich war, der Falle zu entrinnen?

Sie fühlte ihr Herz gegen die Rippen trommeln. Ihr Mund war trocken wie Pergament, und sie schwitzte vor Angst.

*

Gegen neun Uhr standen Phil und ich im Hospital an Hoogans Bett. Der Arzt hatte uns fünf Minuten für eine erste Vernehmung gegeben. Die Nachricht von der Rettung seiner Tochter belebte den Mann sichtlich. Die Operation des Lungendurchschusses war schwer gewesen.

»Danke, Gentlemen, ich bin so froh.« Hoogan lächelte schwach. Er hing an einer Infusion, in seine Nase führte ein dünner Sauberstoffschlauch, und mehrere feine Drähte verbanden aufgeklebte Sensoren mit Anschlüssen an der Wand.

»Nicht der Rede wert«, sagte ich. »Was genau wollten die Gangster im Labor?«

»Das Gegengift. Sie suchten nach der Versuchsnummer X-867.«

»Woher kannten sie die Nummer?« fragte Phil.

»Sie haben Doktor Conways Büro über eine Wanze abgehört. Das Ding habe ich angebracht. Sie hatten doch meine Tochter.«

»Das wissen wir bereits«, sagte ich. »Haben die Gangster das gesuchte Präparat gefunden?«

»Ja, eine kleine Schachtel voll Ampullen.«

»Der eine muß sie mitgenommen haben«, sagte Phil. »Bei den zwei anderen haben wir nichts entdeckt.«

»Wir müssen Tricia anrufen. Es ist wichtig, was für ein Stoff in den Ampullen war«, stellte ich fest.

Wir stellten Hoogan noch ein paar Fragen, erfuhren aber außer der Beteiligung des Fahrers Hall keine wichtigen Einzelheiten mehr. Hoogan war voll geständig und gewillt, für seine Taten einzustehen. Wir wünschten ihm gute Besserung und gingen, da auch die Schwester schon mahnend in der Tür stand.

»Rufen wir die Conway doch gleich an!« meinte mein Kollege, als wir an einigen Sprechzellen auf dem Korridor vorbeikamen.

»Gute Idee. Frag im Office nach, was es in der Sache Neues gibt.«

Wir telefonierten. Bei der Benson Pharma hörte ich, Doktor Conway sei noch nicht im Labor und habe sich auch nicht entschuldigt. Ich rief daraufhin bei ihr zu Hause an. Es wurde nicht abgenommen. Phil erwartete mich bereits draußen.

»Ich weiß nicht, ob das für uns interessant ist, Jerry. Man hat vor ein paar Tagen den Neffen Gettoros wegen Rauschgiftbesitzes festgenommen. Dabei wurde festgestellt, daß er süchtig ist.«

»So was soll in den besten Familien vorkommen.«

»Das interessiert dich nicht?«

»Steht es mit unserer Sache in Zusammenhang? Ich sehe keinen.«

»Immer langsam.« Phil grinste, wie stets dann, wenn er noch einen Trumpf im Ärmel hatte. »Das Bürschchen ist vorgestern gegen Kaution entlassen und in die Privatklinik von Doktor Falini gebracht worden.«

»Na und? Haben Mafiabosse ihre Neffen je im Knast schmoren lassen? Was soll das Ganze?«

»Vor einer halben Stunde hat Bernie eine Nachricht für dich auf Band gesprochen. Gettoros Neffe soll heute früh in der Klinik gestorben sein. Na, klingelt's jetzt?«

»Die Sache fängt an, mich zu interessieren. In der Kombination steckt zwar viel Fantasie, aber du könntest den bekannten roten Faden gefunden haben. Wir müssen Tricia schnellstens auftreiben.«

»Du willst erfahren, was in den Ampullen war, wie?«

»Sicher, weil ihr Inhalt vielleicht an dem Burschen ausprobiert worden ist. Ich muß genau wissen, was Tricia den Gangstern untergejubelt hat.«

»Es sieht nach Bewegung aus«, kommentierte Phil, als wir losfuhren. Ich schlug zunächst die Richtung zur Benson Pharma ein. Mein Kollege versuchte alle fünf Minuten über Autotelefon, Tricia in der Firma und zu Hause zu erreichen. Ohne Erfolg. Er hinterließ im Labor die Rufnummer meines Wagens. Als Tricia sich auch weiterhin nicht meldete, fuhren wir nach Hewlett Harbor zu ihrem Haus.

»Von so was habe ich immer schon geträumt«, meinte mein Freund, als wir ausstiegen. »Gut erhalten, nicht groß, aus Holz und in einem Grundstück mit altem Baumbestand. Außerdem gibt es immer was dran zu tun, und man kann nach Herzenslust basteln.«

»Zum Beispiel neue Fensterscheiben einsetzen«, sagte ich.

Wir waren um das Häuschen herumgegangen als auf Klingeln niemand öffnete, und hatten die eingedrückte Scheibe gefunden.

»Eindeutig von außen, und das Fenster nur angelehnt, Jerry.« Phil blickte in das gemütlich mit alten Countrymöbeln eingerichtete Wohnzimmer. »Da sind auch Fußspuren auf dem Boden.«

»Die Telefonleitung ist abgerissen«, stellte ich nach einem Blick um die Ecke fest. »Los, rein! Da stimmt garantiert etwas nicht.«

Wir stiegen ein. Deutliche Fußspuren von lehmiger Gartenerde führten über den kurzen Flur ins Schlafzimmer. Dort gab es Anzeichen eines hastigen Aufbruchs der Bewohnerin. Ein Nachthemd lag vor dem Bett auf dem Boden.

»Ob sie entführt worden ist, Jerry?«

»Es sieht danach aus. Weshalb sonst hat man die Telefonleitung abgerissen? Jemand ist wahrscheinlich eingedrungen, hat sie bedroht und mitgenommen.«

»Wohin?«

»Frag mich was Leichteres, Phil! Erkundigen wir uns bei den Nachbarn. Vielleicht hat jemand etwas beobachtet.«

Eine Stunde später waren wir nicht klüger. Die Bewohner der kleinen Häuser in der Nachbarschaft hatten nichts bemerkt. Wir berieten.

»Die Klinik wäre ein möglicher Ort, wohin Tricia verschleppt worden sein könnte«, sagte ich. »Aber wie kommen wir legal rein?«

»Jetzt könntest du mich was Leichteres fragen.«

Die Lage sah ausgesprochen übel aus. Ich war von Tricias Entführung überzeugt. Aber es gab keine eindeutigen Beweise. Wir überlegten hin und her.

»Direkt können wir vorläufig nichts unternehmen«, faßte ich schließlich zusammen. »Es gibt nur eins. Die Aktivitäten der gesamten Gettorofamilie müssen ab sofort unauffällig überwacht werden. Vielleicht sogar die der gesamten Cosa Nostra in New York.«

»Dann fahren wir jetzt wohl am besten ins Office und sehen zu, das beim Chef durchzukriegen«, meinte Phil. »Ich glaube, du hast dir da ziemlich viel vorgenommen.«

In der Tat war es so. Mr. High hörte sich unsere Argumente geduldig an, stellte viele Zwischenfragen und ließ sich den komplizierten Fall so genau wie möglich darlegen.

»Sie glauben also, man hat das angeblich wirkungsvolle Gegengift bei Gettoros Neffen angewandt? Er ist daran gestorben, und nun wollen die Gangster von der Erfinderin Genaues erfahren. Man hat Doktor Conway entführt, um sie auszuquetschen.«

»Wenn ich die Fantasie walten lasse, die anzuwenden Sie uns häufig empfehlen, liegen die Dinge so«, sagte ich, und Phil nickte bekräftigend. »Miß Conway ist sich bestimmt der Tragweite ihres falschen Erfolgsberichts nicht bewußt gewesen, den sie über den Minispion den Gangstern zugespielt hat.«

»Gettoro soll seinen eigenen Neffen als Versuchskaninchen freigegeben haben?« wandte der Chef ein.

»Er mußte das Mittel für sicher halten«, beharrte ich.

»Vielleicht konnte er ihn auch nicht leiden«, ergänzte Phil.

So ging es noch eine Weile hin und her. Schließlich willigte Mr. High ein. Er gab die nötigen Anordnungen.

Eine breit angelegte Überwachungsaktion lief in der Hudsonmetropole an. Sämtliche abkömmlichen Kollegen wurden eingesetzt, andere von weniger wichtigen Ausgaben abgezogen.

Viele V-Männer wurden befragt und erhielten entsprechende Aufträge. Zu den entsprechenden Stellen der City Police wurde Verbindung aufgenommen.

Als es Mittag war, hatte sich ein feinmaschiges Beobachtungsnetz über die Organisation Gettoros gesenkt, soweit sie dem FBI bekannt war. Die Fäden des Netzes liefen bei mir und Phil zusammen.

*

Gettoro wurde, wie erwartet, gegen acht Uhr früh von seiner Schwester Renata Scarli aus dem Schlaf geklingelt. Sie hatte auf seine Anordnung hin, eine Viertelstunde früher durch Doktor Falini vom plötzlichen Tod ihres Sohnes Amadeo erfahren. Am Telefon gebärdete sie sich wie eine Wahnsinnige, weinte, schrie und schluchzte fast in einem Atemzug. Ihr Bruder hatte Mühe, sie zu verstehen. In abgerissenen Sätzen fragte sie immer wieder, wie Amadeo so plötzlich habe sterben können.

»Falini hat gesagt, ein akutes Herz- und Kreislaufversagen«, jammerte sie. »Wie konnte das geschehen? Er war doch erst 19!«

Gettoro war darauf vorbereitet, seine Schwester zu trösten. Der Tod des jungen Mannes war ihm gleichgültig, auch fühlte er sich nicht schuldig daran. Wäre Amadeo nicht süchtig gewesen, hätte es die für ihn tödliche Situation nicht gegeben, sagte er sich.

»Du vergißt, daß Heroinsüchtige eine schwer angeschlagene Gesundheit haben«, sagte er, nachdem er Renata wortreich seines Beileids und seiner Trauer versichert hatte. »Leider war der gute Junge ziemlich weiblich. Er hat ja nie Sport getrieben.«

Renata setzte ihre Klagen fort. Gettoro beschwichtigte, so gut er konnte. Er wunderte sich, weshalb sein Schwager Scarli nicht anwesend sei.

»Wo ist eigentlich Remo? Weshalb steht er dir in dieser Stunde nicht bei? Ist er etwa wieder auf Tour?« fragte er ärgerlich. Die ganze Sache steckte ihm wie ein Kloß im Hals.

»Aber nein, er ist in aller Frühe weggefahren. Zu der Sitzung! Du weißt doch, die Commissione tritt zusammen.«

Gettoro zuckte am Telefon zusammen. Renata hatte keinen Grund, eine Sitzung der Commissione zu erfinden. Selbst ihr Mann würde eine solche Behauptung nicht aufstellen, um etwa andere Aktivitäten zu tarnen. Nicht vor seiner Frau.

Die Sitzung fand also ohne ihn statt, schoß es Gettoro durch den Kopf. Das war ein Alarmzeichen erster Güte. Aber er durfte sich nichts anmerken lassen. Renata hatte sich sicherlich in ihrer Erregung verplappert. Bestimmt war sie angewiesen worden, über die Sitzung zu schweigen.

»Ach ja, richtig, ich hatte das ganz vergessen«, sagte Gettoro schnell. »Der arme Amadeo«, wechselte er geschickt das Thema und brachte seine Schwester damit von der verfänglichen Angelegenheit ab. Nachdem er sie noch eine Viertelstunde lang angehört und getröstet hatte, trennte er. Sofort danach rief er einen Vertrauten an und beauftragte ihn, schnellstens in Erfahrung zu bringen, worüber die Commissione beraten würde.

Anschließend versuchte er die Lage zu analysieren. Sollte er bei Papa Veronese, dem derzeitigen Vorsitzenden der Commissione, vorstellig werden und direkt nach dem Grund fragen, weshalb er nicht zur der Sitzung eingeladen worden sei? Er verwarf den Gedanken. Es erschien ihm klüger, bis auf weiteres den Unwissenden und Arglosen zu spielen.

Natürlich war die Nichteinladung ein Alarmzeichen. Sie bedeutete zumindest harte Kritik an seiner Geschäftsführung. Gettoro fragte sich, was man ihm vorwerfen könne.

Größere Fehler waren ihm in der letzten Zeit nicht unterlaufen. Aber genügte das heutzutage noch? Außer Papa Veronese war er der weitaus Älteste unter den Familienoberhäuptern. Andere Dons seines Alters waren bereits vor Jahren durch jüngere Leute ersetzt worden. Er hatte sich bisher erfolgreich einem Rücktritt widersetzt. Sollte man jetzt seine Absetzung beschließen? Oder noch Schlimmeres?

Gettoro beschloß vorzusorgen. Er rief Doktor Falini an. Nachdem er ihn für die genaue Ausführung seiner Anordnungen im Fall Amadeo gelobt hatte, besprach er ein persönliches Anliegen mit ihm.

»Aber natürlich, Don Rico, Sie können jederzeit für ein paar Tage herkommen«, meinte Falini. »Eine gründliche Durchuntersuchung kann niemals schaden. Bei der Arbeitslast, die Sie seit Jahren fragen, empfehle ich das sogar ausdrücklich.«

»Halten Sie ein Zimmer für mich bereit, Doktor! Vielleicht komme ich sehr bald. Ich sollte tatsächlich mal etwas für meine Gesundheit tun«, sagte Gettoro abschließend.

Als er gerade auflegen wollte, meldete sich Falini nochmals.

»Don Rico, fast hätte ich es vergessen. Die Dame, über die wir heute früh sprachen, ist eingetroffen. Haben Sie Anweisungen, wie sie untergebracht und bedient werden soll?« Der Arzt betonte die Worte *untergebracht* und *bedient* besonders.

»Bringen Sie die Signora gut und sicher unter, und lassen Sie es an nichts fehlen!«

»Gut, Don Rico. Sollen wir uns mit ihr unterhalten?«

»Das können Sie tun, aber nur freundschaftlich. Für

andere Töne ist später Zeit. Ich ordne das noch an.« Gettoro beendete das Gespräch.

Er nickte befriedigt. Die Gefangennahme von Tricia Conway war ein Pluspunkt in seiner Bilanz gegenüber der Commissione. Auf diese Weise würde er bald Endgültiges über den gegenwärtigen Forschungsstand und die Aussichten für die Weiterentwicklung des Gegengiftes sagen können. Es kümmerte ihn nicht, daß die Entführte dem sicheren Tod entgegensah.

*

Die Sitzung der Commissione fand in einem Privathaus in Riverdale statt. Alle Teilnehmer waren in unauffälligen Wagen angekommen. Papa Veronese, den man im stillen den Knauser nannte, hatte es sich nicht nehmen lassen, mit einem europäischen Kompaktwagen zu erscheinen. Er wollte damit auch die Verschwendungssucht der jüngeren Führungskräfte der New Yorker Cosa Nostra geißeln.

»In der Tat, das ist eine schwere Verfehlung«, sagte der Alte soeben. »Wie wir aus dem abgehörten Bericht wissen, steht das Gegengift vor der Serienproduktion. Es kann Einbrüche im Geschäft zur Folge haben. Rico aber hat unseren chinesischen Geschäftsfreunden mitgeteilt, es sei unwirksam. Was will er damit erreichen?«

»Er will sein Versagen auf diesem Gebiet verschleiern«, sagte Remo Scarli, der an der Sitzung teilnehmen durfte, obwohl er kein Familienoberhaupt war. »Er hätte so etwas ganz einfach verhindern müssen, um jeden Preis.«

»Die Einnahmen aus seinem Geschäftsbereich stagnieren seit einiger Zeit«, bemerkte Manilio Raccati, der Consigliere Veroneses, mit düsterer Miene.

»Er ist selbstherrlich geworden.« Masetto Barosso schloß sich der allgemeinen Kritik an Gettoro an.

Auch die übrigen vier Familienoberhäuter sparten nicht mit Vorwürfen. Es war stets dasselbe. Papa Veronese gab den Ton an, die anderen stimmten ein. Der Alte nahm es mit beifälligem Kopfnicken zur Kenntnis.

»Ich schlage eine ernste Warnung an Rico Gettoro vor«, sagte er am Ende der Debatte. »Gleichzeitig sollte die ehrenwerte Versammlung ihm dringend den Rücktritt von allen Geschäften nahelegen. Als Ricos Nachfolger schlage ich unseren tüchtigen Remo Scarli vor. Wer dafür stimmt, soll die Hand heben.«

Alle Stimmberechtigten schlossen sich Papa Veroneses Votum an. Es waren die vier Familienoberhäupter. Raccati und der als Gast teilnehmende Scarli besaßen kein Stimmrecht.

»Also einstimmig angenommen«, stellte Veronese fest. »Der Entscheid der Commissione wird Gettoro binnen drei Tagen mitgeteilt. Wer wird das übernehmen?«

Die Anwesenden schwiegen. Es handelte sich um eine unangenehme Mission, die keiner ausführen wollte.

»Gut«, sagte Veronese, »ich werde mir überlegen, wer den Beschluß überbringen wird. Der Betreffende hört dann von mir. Gibt es sonst noch etwas zu verhandeln?« wandte er sich an den Consigliere.

»Nein, Don Raffaello.«

»Dann können wir gehen.«

Veronese nahm gemessen die an Huldigung grenzenden Grüße der Anwesenden entgegen. Dann verließ er als erster den Raum.

Remo Scarli ging als letzter, voller Befriedigung über seinen Erfolg. Nun würde er die Leitung der Gettoro-Familie übernehmen. In seinem Kopf entstanden bereits erste ›Reformpläne‹.

Draußen erwartete ihn sein Leibwächter Vincosa. Der junge Mann riß den Wagenschlag des schwarzen Cadillac auf.

»Darf ich Ihnen gratulieren, Sir?«

»Du darfst«, sagte Scarli gönnerhaft und ließ sich in die Polster fallen. »Wir fahren nach Hause.«

Auf der Fahrt konnte es sich Scarli nicht verkneifen, die totale Entmachtung Gettoros anzudeuten, obwohl er verpflichtet war, Stillschweigen zu bewahren. Allerdings ließ er nichts Genaues verlauten. Er sagte lediglich, Gettoro werde in Kürze abserviert.

Vincosa gewann dadurch den Eindruck, die Commissione habe Gettoro zum Tode verurteilt. Er wußte nicht, daß lediglich eine Warnung, verbunden mit einer Rücktrittsaufforderung, beschlossen worden war. Remo Scarli nach Einzelheiten des Beschlusses zu fragen, verbot sich von selbst. Also beließ er es bei einem herzlichen Glückwunsch an seinen Boß.

Scarli seinerseits hatte keine Ahnung davon, daß ihn Gettoro seit geraumer Zeit durch eben diesen Leibwächter überwachen ließ. Der Don hatte Vincosa gekauft. Er war gegen seinen Schwager immer mißtraurisch gewesen.

So erfuhr Gettoro noch an diesem Sonnabendvormittag durch einen Telefonanruf von dem angeblichen Beschluß.

»Sie sollen in Kürze abserviert werden«, sagte Vincosa.

»Gebrauchte er diese Worte?« vergewisserte sich Gettoro.

»Genau diese Worte.«

»Einzelheiten?«

»Mehr hat er nicht gesagt. Fragen konnte ich nicht, das wäre verdächtig gewesen. Er war bester Laune.«

»Es ist gut, danke. Ende.«

»Ende.«

Gettoro fragte sich, was der Grund für das härtestmögliche Urteil der Commissione gegen ihn sein konnte. Er fand keine Antwort, hielt die Nachricht aber für glaubwürdig. Wer wußte schon, mit welchen Lügen Scarli die Versammlung gefüttert und welche Winkelzüge er angewendet hatte! Wie die Dinge lagen, würde eine Nachfrage bei Veronese nichts bringen. Das Oberhaupt der New Yorker Mafiafamilien würde leugnen, daß überhaupt eine Sitzung der Commissione stattgefunden habe.

Also mußte er selbst handeln. Zunächst galt es Zeit zu gewinnen. Dazu war es nötig unterzutauchen. Er rief Doktor Falini erneut an und kündigte sein Kommen für den Nachmittag an.

»Niemand darf wissen, daß ich bei Ihnen bin«, schärfte er dem Arzt ein. »Das ist von größter Wichtigkeit. Haben Sie verstanden?«

»Sicher, Don Rico, Sie beziehen ein Zimmer im Seitenflügel unter einem anderen Namen.«

»Gut, ich komme mit einem Taxi.«

Gettoro legte auf. Dann begann er selbst einen Reisekoffer mit dem Nötigsten zu packen. Nicht einmal Radesio, sein Butler, durfte erfahren, wo er fürs erste untergekrochen war.

*

Tricia saß in einem wohnlich eingerichteten Patientenzimmer am Tisch. Ihr erster Schreck war verflogen. Sie analysierte ihre Lage. Das Fazit fiel düster aus.

Man hatte sie offensichtlich in eine Privatklinik gebracht. Der Fahrtdauer nach mußte sie noch in New York liegen. Weshalb sie geholt worden war, wußte sie bereits. Ihr Bewacher, der junge Mann mit dem lockigen Haar, hatte ihr befohlen, über das Antiheroinmittel eine Art Denkschrift auszuarbeiten. Er brachte ihr Papier und Schreibstifte und deutete dabei an, sie werde für einige Tage hierbleiben müssen.

Sie war aus dem Auto mit verbundenen Augen ins Haus und in das Zimmer geführt worden. Richtig gesehen hatte sie nur den Mann, der sie entführt hatte.

Ihr Zimmer schien in einem Seitenflügel des Hauses zu

liegen, im Erdgeschoß. Das einzige Fenster war vergittert und ging auf einen kleinen Innenhof, den Mauern von gut zwei Yard Höhe abschlossen. Dahinter konnte sie nur die Kronen alter hoher Bäume sehen.

Der Bewacher hatte ihr erlaubt, das Fenster zu öffnen und sie gleichzeitig gewarnt, irgendwelchen Lärm zu machen.

Das Zimmer werde akustisch überwacht. Jeder Widerstand werde üble Folgen für sie haben.

Sie hatte Frühstück bekommen, aber kaum etwas gegessen. Das Geschirr stand noch auf dem Tisch. Es hatte Kaffee, Weißbrot, Butter, Marmelade und Ölsardinen gegeben.

Zum offenen Fenster wehte laue Luft herein. Am blauen Himmel, von dem sie ein kleines Stück sehen konnte, zogen weiße Cumuluswolken entlang. Immer wieder war das ferne Rauschen von vorbeifliegenden Airlinern zu hören.

Tricia saß auf dem Bett und starrte auf den grünen Kunststoffteppich. Ihre Gedanken kreisten unentwegt um die Frage, ob die Gangster sie wieder laufenlassen würden. Sie fragte sich, was sie der Polizei erzählen konnte.

Da war der junge Gangster. Den Fahrer des Wagens hatte sie nur undeutlich beim Einsteigen gesehen. Dann das Haus. *Privatklinik*, würde sie sagen können. Darauf wiesen die Zimmereinrichtung, die Anschlüsse an der Wand für verschiedene Spezialgeräte sowie Sauerstoff und nicht zuletzt der charakteristische Geruch nach Desinfektionsmitteln hin, wie ihn Kliniken an sich haben. Dann der kleine Innenhof, auf den nur ihr Fenster zu gehen schien. Er würde der Polizei genügen, das Haus zu identifizieren.

Tricia schob den entsetzlichen Gedanken, sie könne ermordet werden, mit aller Energie beiseite. Immerhin entschloß sie sich, auf Zeitgewinn zu spielen. Ihr Verschwinden mußte noch am heutigen Montag entdeckt werden. Hoffentlich schaltete sich der FBI ein!

Ein kleiner Schatten erschien im hellen Quadrat des Fensters, das die Mittagssonne auf den Zimmerboden warf. Tricia blickte auf. Eine große schwarze Katze saß auf dem Fensterbrett und schaute herein.

Um sich abzulenken, stand Tricia auf, nahm eine Ölsardine, ging leise lockend zum Fenster und hielt sie dem Tier hin. Die Katze beroch den Fisch, leckte daran und begann langsam und mit sichtlichem Genuß zu fressen. Danach putzte sie sich das Maul und miaute.

Tricia holte ihr auch die restlichen vier Sardinen. Die Katze verspeist sie. Dann kam sie durch die Gitterstäbe ins Zimmer, sprang auf das Bett und ließ sich behaglich schnurrend streicheln. Das Tier wirkte gepflegt und trug ein Halsband aus rotem Saffianleder mit einem kleinen Täschchen daran.

Tricia öffnete den Druckknopfverschluß. In dem Täschchen stak ein kleiner zusammengefalteter Zettel.

Ich höre auf den Namen Scampolo und gehöre Mrs. Joanna Schröder, Oceanside, Roxbury Street 14, stand mit Maschine geschrieben darauf.

Die Chemikerin erkannte ihre Chance. Eilig riß sie von ihrem Schreibpapier ein kleines Stück ab. Darauf schrieb sie:

Hilfe! Tricia Conway, werde in naher Privatklinik gefangengehalten. Hilfe! Polizei verständigen!

Rasch faltete sie den winzigen Zettel zusammen und steckte ihn in das Täschchen. Gerade hatte sie den Druckknopf wieder geschlossen, als die Türe aufgeschlossen wurde.

Ihr Bewacher erschien. Er erblickte die Katze und warf einen Blick auf das Frühstücksgeschirr.

»Ah, Sie haben das Vieh mit den Sardinen gefüttert. Okay, wenn's Ihnen Spaß macht, hungern Sie eben! Aber kommen Sie nicht auf den Bolzen, Sie können mit

Hungerstreik was machen, das läuft nicht. Und fangen Sie langsam zu schreiben an! Der Boß will was sehen, klar?«

»Ich war noch etwas erschrocken von Ihrem frühen Besuch, aber ich werde nachher anfangen«, gab Tricia ruhig zurück. Sie blickte zu Boden, damit der Gangster ihre Erregung nicht bemerken konnte. Falls er Verdacht schöpfte, war ihre einzige Möglichkeit dahin, einen Hilferuf nach draußen zu senden. Der Mann war ein guter Beobachter. Auf den ersten Blick hatte er gesehen, daß auf dem Frühstückstablett fast alles unberührt war und lediglich die Sardinen fehlten. Sofort hatte er das mit der Katze in Verbindung gebracht.

»Dann beeilen Sie sich! Zur Erholung sind Sie nicht hier. Wollen Sie nachher Mittagessen?« Der Mann nahm das Tablett auf. Er wandte sich zur Tür.

»Ja, bitte«, sagte Tricia.

»Okay.« Der Gangster ging hinaus und schloß von außen ab. Tricia wartete, bis sie seine Schritte nicht mehr hörte. Dann nahm sie die Katze und trug sie zum Fenster, schob sie durch das Gitter hinaus und gab ihr einen leichten Schubs.

Die Katze sprang auf den Rasen hinunter, der etwa ein Yard unter dem Fenstersims lag. Sie blickte sich um, miaute und lief dann auf die gegenüberliegende Mauer des Innenhofes zu. Ein kleiner Anlauf, ein federnder Sprung, und sie war auf der Mauerkrone. Dann verschwand sie auf der anderen Seite.

Tricia trat vom Fenster zurück. Im Geist spielte sie durch, was geschehen würde, wenn die Katze nach Hause kam. Mutlosigkeit überfiel sie. Welchen Grund sollte die Besitzerin haben, in das Täschchen am Halsband zu sehen? Es diente doch nur für den Fall, daß das Tier sich verirrte und irgend jemandem zulief. So gesehen, war alles vergeblich gewesen. Es sei denn, die Katze würde wiederkommen.

Bis dahin galt es gute Miene zum bösen Spiel zu machen. Die Gangster wollten etwas sehen. Gut, sollten sie. Tricia setzte sich an den Tisch und begann komplizierte Strukturformeln auf das Papier zu malen.

*

Am Nachmittag meldete sich einer unserer Informanten. Er teilte uns mit, es habe eine Sondersitzung der New Yorker Commissione stattgefunden. Über die behandelten Themen wußte er nichts, wies aber darauf hin, daß Rico Gettoro nicht zu den Teilnehmern gehört habe.

Dies war ein beachtenswerter Umstand für jeden, der mit den Gepflogenheiten der Cosa Nostra vertraut ist. Ich ordnete daher eine intensive Beschattung sämtlicher Wohnungen und des Privathauses von Gettoro an. Nicht ohne Erfolg. Am späten Nachmittag wußten wir, daß der Mafiaboß unter eigentümlichen Umständen sein Haus verlassen und sich in die Privatklinik eines Doktor Falini begeben hatte.

»Ganz allein, nur mit zwei kleinen Koffern und in einem Taxi«, wunderte sich Phil. »Wieso läßt er sich nicht in seinem Cadillac chauffieren, wie es sich gehört, mit Leibschatten und allem Drum und Dran?

»Das sieht fast nach Flucht aus oder nach Verstecken«, gab ich zurück. »Er hat nicht an der Sitzung teilgenommen . . .«

»Vielleicht durfte er nicht.«

»Das würde passen. Er versteckt sich in der Klinik, oder er drückt sich vor einer Entscheidung, oder er versucht einen Entschluß hinauszuzögern. Die Klinik wird immer interessanter.«

»Leider dürfen wir nicht hinein«, bemerkte Phil ärgerlich.

Ich überlegte angestrengt. Wie konnte ich in die Klinik gelangen, ohne gegen das Gesetz zu verstoßen, ohne aber auch meine Identität preiszugeben? Plötzlich kam mir eine Idee. Ich besprach sie mit meinem Kollegen.

»Aber das ist ein gewagtes Spiel, Jerry. Zudem belastet mit vielen Unsicherheitsfaktoren. Das Haus ist eine Klinik für die Behandlung innerer Krankheiten und kein Unfallhospital. Wer sagt, daß sie dich nicht gleich weiterschicken, etwa in ein Haus, das eine neurologische Station hat? Außerdem kostet die Sache einiges Geld und verschiedene Vorbereitungen.«

»Zum Teufel, wir müssen etwas tun«, sagte ich. »Hinterherlaufen bringt nichts. Wir müssen einen Vorstoß unternehmen, und mein Riecher sagt mir, daß die Klinik eine Schlüsselstelle in unserem Fall darstellt.«

»Willst du den Chef vorher fragen?«

»Würdest du es tun?«

»Nein, er könnte es verbieten.«

»Aber Fantasie sollen wir doch walten lassen. Okay, hier ist sie. Wir fangen an. Du spielst den zweiten Mann, und außerdem brauchen wir eine Frau, die teuer aussehen kann.«

»Nehmen wir doch June Clark«, meinte Phil. »Ich habe sie vorhin auf dem Gang kurz gesprochen. Sie hat heute Dienst.«

»Ich suche sie sofort, damit sie uns nicht durch die Lappen geht. Du besorgst die Autos. Laß dir alte geben!«

»Okay, Jerry.« Phil grinste unternehmungslustig. »Ich hole dir dann auch gleich einen Satz falsche Papiere. Als FBI-Agent wirst du ja wohl nicht in Erscheinung treten wollen.«

»Das wäre ziemlich unzweckmäßig«, gab ich zu. Dann machte ich mich auf die Suche nach unserer Kollegin June Clark.

*

Gegen zehn Uhr abends inszenierten Phil und ich mit zwei Wagen in der Roxbury Street einen perfekten Autounfall. Er fuhr mit einem der ältesten Dienstchevys vor mir her. Ich hielt etwa 20 Yard Abstand. June saß angeschnallt auf dem Rücksitz.

»Jetzt«, sagte ich, »zieh den Gurt stramm und halt dich fest! Gleich gibt's Kleinholz.«

»Geh ruhig in die vollen, Jerry, mir macht so was Spaß.«

Ich blinkte zweimal mit den Scheinwerfern, das Zeichen für Phil abzubremsen. Dann spielte ich den Unachtsamen und fuhr mit etwa 20 Meilen auf sein Heck. Es gab einen lauten Krach. Beide bremsten wir ab. Die Fahrzeuge standen.

Mein Schädel brummte. Absichtlich hatte ich mich nicht angeschnallt und nach vorn werfen lassen, wobei ich natürlich die Hauptwucht mit Armen und Beinen abfederte. Immerhin mußte ich ja wenigstens eine Beule an der Stirn haben.

Phil und June sprangen aus den Autos. Sie taten, als kennten sie sich nicht. Gemeinsam bemühten sie sich um mich.

»Alles okay, Jerry?« fragte Phil leise.

»Wie nach einer Nacht mit viel Whisky und ohne Schlaf«, gab ich leise zurück. »Los, June, dein Auftritt in der Klinik ist fällig. Überspiel bloß nicht!«

»So was mach' ich mit der linken Hand, Boys.«

June Clark, in Abendkleid und teurem Pelzmantel aus Labradornerz, rannte los.

Das Tor der Klinik von Doktor Falini lag ungefähr 100 Schritt entfernt. Selbst auf diese Entfernung hörten wir unsere blonde Kollegin aufgeregt in die Sprechanlage schreien.

»Sie ist drin«, sagte Phil, der neben meinem Wagen stand.

Ich lag halb auf der vorderen Sitzbank und spielte den

stark Benommenen. Ein wenig war ich es auch. An der Stirn schwoll eine mächtige Beule.

Gemäß unserem Plan würde June in der Klinik um Erste Hilfe für einen Verletzten bitten und andeuten, daß sie für einen Klinikaufenthalt von einigen Tagen großzügig zahlen werde. Um das zu unterstreichen, hatte sie hochkarätigen, geliehenen Schmuck angelegt.

Es vergingen knapp zehn Minuten, ehe sie mit drei weißgekleideten Männern zurückkam. Zwei trugen eine Bahre. Ich begann zu würgen, als sei ich dem Erbrechen nahe, und täuschte so eine Gehirnerschütterung vor. Einer der Männer untersuchte mich flüchtig. Dann gab er den beiden anderen einen Wink.

»Bringen Sie den Mann in den Untersuchungsraum!«

»Madam, ich warte hier auf Sie«, sagte Phil laut zu June. »Sie haben meine Adresse. Alles Weitere besprechen wir dann hier, wenn Ihr Bruder versorgt ist.«

»Danke, sehr freundlich. Ich denke, wir werden uns ohne Polizei einigen«, erwiderte June unverbindlich. Dann ging sie hinter der Trage her.

Wir kamen in die Klinik. Der junge Arzt untersuchte mich. Ich stellte mich benommen und klagte über Kopfschmerzen.

»Ist Ihnen übel, Mr. Wanamaker?« erkundigte sich der Arzt. Auf diesen Namen lauteten meine Papiere. »Haben Sie Sehstörungen?«

»Sehen kann ich, aber mir ist, als müsse ich mich jeden Moment übergeben«, log ich. »Was ist los, wo bin ich? Ist was passiert?«

»Sei ganz ruhig, Bob«, beruhigte mich June, »wir hatten einen kleinen Unfall mit dem Auto, aber es ist nichts Schlimmes geschehen.« Sie wandte sich an den Arzt. »Ist mein Bruder ernstlich verletzt?«

»Soweit ich bis jetzt sehen kann, nicht, Madam. Es scheint kein Knochen gebrochen zu sein. Herz und Kreislauf funktionieren normal. Ihr Bruder hat offensichtlich eine Gehirnerschütterung. Die Amnesie und die Übelkeit sind untrügliche Zeichen. Er sollte einige Tage unter Beobachtung bleiben.«

»Können Sie ihn hier im Haus aufnehmen? Ich wäre Ihnen sehr dankbar.«

»Wir haben ein Zimmer für ihn frei, Madam.« Der junge Arzt sah June mit offener Bewunderung an. »Die Aufnahmebestätigung können auch Sie unterschreiben.«

»Okay, Bob«, wandte sich June zu mir, »ich denke, es ist am besten, du kurierst dich hier aus. Wo ich doch morgen früh nach Europa fliege, wärest du sowieso im Haus allein mit dem Personal.«

»Gut, ich bleibe hier«, erwiderte ich schwach. »Im Moment ist mir sowieso alles ziemlich gleichgültig.«

Wenige Minuten später lag ich auf einem Rollbett. Einer der Pfleger schob mich einen Gang entlang, in einen Aufzug und im ersten Stock wieder über einen Gang. Vor einer Tür stoppte er.

»Einen Augenblick, ich mache nur das Zimmer fertig, Sir.«

Ich nickte. Der Pfleger verschwand. Sowie er weg war, hob ich den Kopf und sah mich um. Hinter mir klappte eine Tür. Schritte näherten sich. Ich ließ mich zurücksinken. Ein junger Mann kam vorbei. Er trug einen Trainingsanzug und kam mir sofort bekannt vor, besonders durch seine lockige Frisur. Im Vorbeigehen warf er mir von der Seite einen kurzen Blick zu.

Ich erschrak und drehte den Kopf zur Seite. Der andere ging weiter und stieg vorn in den Fahrstuhl. Mir brach der Schweiß aus. Mein Herz schlug heftig. Der Mann war kein anderer gewesen als der Gangster Gino Brolli! Vermutlich bewachte er Rico Gettoro, der sich ebenfalls in Falinis Klinik befand. Wenn er mich erkannt hatte, befand ich mich jetzt schon in Lebensgefahr. Außerdem wäre damit unser Plan aufgeflogen.

Sekundenlang fragte ich mich, ob ich aufgeben und

fliehen sollte. Dann entschloß ich mich, meine nun höchst gefährliche Rolle weiterzuspielen. Ich glaubte nach den Umständen annehmen zu dürfen, der Gangster habe nicht bemerkt, wer da auf der Trage lag.

*

Brolli hatte den G-man erkannt. Der intelligente junge Gangster zog sich auf sein Zimmer zurück und überlegte.

Etwas mußte geschehen. Er hatte am Nachmittag die Ankunft Rico Gettoros bemerkt und aus den Umständen erkannt, daß der Don unerkannt in der Klinik bleiben wolle.

Zu diesem befremdlichen Umstand kam nun noch die Anwesenheit eines FBI-Agenten, der offensichtlich unter falschem Namen aufgenommen worden war.

Brolli wollte Klarheit haben. Schließlich befand sich auch noch die entführte Tricia Conway im Haus, die er zu bewachen hatte. Da er sich nicht an Gettoro wenden wollte, um nicht etwa dessen Unwillen zu erregen, rief er Dotzman an.

Der berichtete ihm von Gettoros Absetzung und von einer Suche der Commissione nach dem ehemaligen Don. Verhaltensmaßregeln konnte ihm Dotzman indessen nicht geben. Er verwies ihn an den neuen Don, nämlich Remo Scarli.

Brolli hatte nun nichts Eiligeres zu tun, als Don Remo anzurufen. Zu seiner Erleichterung traf er ihn zu Hause an.

»Don Remo«, sagte er, »ich benötige Ihre Anweisungen.« Danach berichtete er von der Lage in der Klinik von Doktor Falini. »Vor einer Stunde ist ein Bulle vom FBI als Patient unter falschem Namen aufgenommen worden«, schloß er. »Ich kenne den Mann, er hat mich schon einmal festgenommen. Er heißt Cotton.«

»Bist du ganz sicher?« fragte Scarli erregt. »Rico ist dort – und ein FBI-Agent?«

»Ganz sicher, Don Remo. Und wir haben diese Conway hier.« Er erläuterte die Umstände der Entführung. »Außerdem ist Gettoro am Tod Ihres Sohnes schuld.« Brolli erzählte, was er wußte. Gettoros Schiff war im Sinken.

Man mußte es schleunigst verlassen.

»Warte am Apparat! Ich rufe bald zurück.«

Brolli gab ihm die Nummer. Man konnte in die Zimmer durchwählen. Dann wartete er. Es dauerte nicht sehr lange. Eine halbe Stunde später erhielt er von Scarli den Befehl, Gettoro auf eine Weise umzubringen, daß es wie ein Unglücksfall aussehe.

Während der vergangenen halben Stunde hatte Scarli mit Papa Veronese gesprochen. Der oberste Boß schloß sich dabei Scarlis Überzeugung an, daß Gettoro in der Klinik ein geheimes Treffen mit dem FBI verabredet habe und G-man Cotton der Kontaktmann sei. Veronese ermächtigte Scarli zu dem Mordbefehl. Natürlich sollten auch der FBI-Agent und Tricia das Haus nicht mehr lebend verlassen. Dafür würden Leute sorgen, die man Brolli später zur Verstärkung schickte. Scarli nannte eine Zeit zwischen fünf und sechs Uhr früh.

Brolli bestätigte und legte auf. Er war stolz auf den Auftrag. Wenn er wegen des Prozesses nun wirklich aus New York verschwinden müßte, konnte er es mit dem Segen der hiesigen Cosa Nostra tun. Das würde seinem Fortkommen andernorts bedeutend nützen.

Der Gangster steckte einen kurzläufigen Revolver und eine Pistole zu sich und schlich aus dem Zimmer. Zur Vorbereitung des Mordes an Gettoro wollte er sich in der Klinik genau umsehen. Es sollte ja wie ein Unfall wirken. Wie Brolli wußte, befanden sich zur Zeit nur wenige Patienten im Haus. Daher wachte nur eine einzige Schwester. Außerdem wußte das Personal, daß es besser keine unnötigen Fragen stellte, wenn es seine Jobs behalten wollte. Also konnte er sich ungehindert bewegen.

*

Ich hatte mein Schädelbrummen bald überwunden. Gegen ein Uhr früh verließ ich mein Zimmer. Ich wollte feststellen, ob Tricia in der Klinik festgehalten wurde. Dazu mußte ich im Haus herumschleichen, in möglichst alle Zimmer sehen, ohne selbst gesehen zu werden.

Zunächst blieb ich auf dem Korridor stehen und lauschte. Das Haus lag ruhig. Irgendwo rauschte leise die Klimaanlage. Sonst nichts.

Ich begann die Zimmertüren zu öffnen. Vorsichtig spähte ich durch einen Spalt in die dahinterliegenden Räume. Ich fand zwei schlafende Patienten, drei leere Zimmer sowie Behandlungs- und Abstellräume und Bäder. Die Klinik schien nicht stark belegt zu sein.

Dafür erwies sie sich als verwinkelt. Mehrmals schien sie durch Anbauten erweitert worden zu sein. Es gab mehrere kleine Treppen und Flure mit vielen Ecken und Winkeln.

Nachdem ich den ersten Stock ausgekundschaftet hatte, stieg ich über eine Nebentreppe ins Erdgeschoß hinunter. Bis jetzt war mir niemand begegnet. Nun glaubte ich leise Schritte zu hören. Ich verharrte, hörte aber nichts mehr. Also schlich ich weiter. Überall brannte gedämpfte Nachtbeleuchtung.

Nun untersuchte ich die Räume im Parterre. Auch hier fand ich die meisten Krankenzimmer leer. Der Flur führte weiter in einen Anbau. Als ich um die Ecke bog, zuckte ich zusammen. Vor mir stand Gino Brolli. Sein Revolver zeigte auf meinen Bauch. Die Waffe war mit einem Schalldämpfer versehen.

»Hallo, Bulle, du suchst wohl den großen Don Rico.« Der Bursche grinste dünn. »Raffiniert ausgedacht, euer

Treff hier im Karbolkasten. Das läuft aber nicht. Los, Flossen hoch! Da rein!« Er machte eine Kopfbewegung zu einer nahen Tür.

Ich erwiderte nichts. Nach ein paar Sekunden hob ich die Arme und ging auf die Tür zu. Im Moment konnte ich nichts tun. Der Gangster hielt genügend Sicherheitsabstand zu mir, und die Waffe war gespannt. Ich hätte mir mit Sicherheit eine Kugel eingehandelt, würde ich einen Angriff versucht haben. Der andere war ein knallharter Profi.

Ich öffnete die Tür.

»Mach Licht!« befahl Brolli. »Der Schalter ist rechts.«

Ich tat es, bekam einen Stoß in den Rücken, machte drei Schritte in den Abstellraum und glaubte dann, mein Kopf platze auseinander. Der Gangster hatte mir eins mit der Waffe übergezogen. Die Knie wurden mir weich, aber ich tat nichts dagegen. Brolli wollte mich zunächst ausschalten, und das sollte er möglichst billig haben. Billig für mich. Ich spielte den Bewußtlosen.

Der Bursche fesselte mir Arme und Beine mit elastischen Binden, die er einem Schrank entnahm. Dann drehte er mich auf den Bauch, verband beide Fesselungen mit einer dritten Binde und verklebte mir den Mund mit Heftpflaster. Wenig später war ich in dem dunklen Raum eingeschlossen.

Ich wußte, es war brenzlig geworden. Ich durfte keine Minute mehr verlieren. Tief atmend versuchte ich, einen klaren Kopf zu bekommen. Dann begann ich die Festigkeit meiner Fesseln zu testen.

Sehr bald erkannte ich meine Chance. Brolli hatte die Binden zwar hart angezogen, aber altes Material erwischt. Als ich alle meine Kräfte einsetzte, fühlte ich das beginnende Reißen einzelner Fasern. Es tat höllisch weh, aber ich ließ nicht nach. Endlich riß die Binde, die Arm- und Beinfesseln verband. Ich drehte mich um und setzte mich auf. Mit der Binde um die Handgelenke hatte ich länger zu tun, aber eine Viertelstunde später war ich frei.

Ich machte Licht und untersuchte den Raum. Er war fensterlos, wies mehrere Schränke auf, und an einer Wand gab es ein Waschbecken. Darüber hing eine elektrische Mundduschе an der Wand. Anscheinend wusch sich hie und da jemand in dem schmalen Zimmer.

Brolli konnte jeden Moment zurückkommen. Mir war klar, daß er mich auf keinen Fall laufenlassen konnte. Also mußte er mich ermorden, und das würde er auch tun, wenn ich ihm Gelegenheit dazu ließ. Ich mußte ihn überrumpeln, sobald er die Tür öffnete. Aber wie? Bestimmt würde er mit dem gespannten Revolver in der Hand hereinkommen. Die Tür ging nach innen auf und gab ihm sofort freies Schußfeld. Es war zu riskant, ihn im Nahkampf überrumpeln zu wollen. Was also konnte ich tun? Die Zeit drängte.

Ich sah in den Schränken nach einem Gegenstand, der sich als Waffe eignen mochte, fand aber nur Verbandmaterial, Bettwäsche, Reinigungsutensilien und Desinfektionsmittel. Auch ein kleiner Ballon Apothekenbenzin war darunter. Zufällig fühlte ich in der Hosentasche mein Feuerzeug. Brolli hatte mich nur nach Waffen abgeklopft, aber meine Taschen nicht ausgeleert. Das brachte mich auf eine Idee.

Ich untersuchte die elektrische Munddusche. Das Gerät funktionierte. Der feine Wasserstrahl spritzte längs durch den Raum bis zur etwa vier Schritt entfernten hinteren Wand. Bis zur Tür waren es nur knapp drei Schritte. Das würde genügen.

Ich spritzte den Vorratsbehälter leer, füllte ihn mit ganz wenig Benzin, stellte das Gerät auf geringste Intensität und schaltete es ein. Als die Düse sprühte, hielt ich das Feuerzeug unter den feinen Benzinstrahl. Die Wirkung war beachtlich. Es gab eine fast zwei Yard lange Flamme. Ich schaltete schnell aus und stoppte das Nachtropfen mit dem Daumen.

Nun füllte ich den Behälter bis zum Rand und stellte auf höchste Leistung. Anschließend hieß es warten. Das Aufsperren des Türschlosses würde mir die nötige Vorlaufzeit geben.

In einer lebensgefährlichen Lage zerrt Warten an den Nerven. Für mich dauerten die vier Stunden eine halbe Ewigkeit.

Am Boden neben dem Waschbecken sitzend, horchte ich nach draußen. Mit aller Energie zwang ich mich zur Ruhe.

Dann plötzlich war der entscheidende Moment da. Ich hörte, wie der Schlüssel ins Türschloß gesteckt wurde. Bis der Riegel zurückschnappte und die Klinke herunterkam, war ich aufgesprungen, hatte die Munddusche eingeschaltet und das Feuerzeug an den feinen scharfen Benzinstrahl gehalten. Ich richtete die lodernde Stichflamme auf die Tür.

Sie ging auf. Brolli stand in ihrem Rahmen. Wie erwartet, hielt er die Waffe schußbereit. Bei einem Ansprung wäre ich zu spät gekommen. So aber bekam der Gangster die Flamme mitten ins Gesicht. Gleichzeitig ging ich in die Knie, hielt aber die flammende Düse weiter auf den Killer gerichtet.

Er brüllte auf. Aus seinem Revolver lösten sich drei Schüsse. Die Kugeln schlugen über mir in die Wand und ließen die Kacheln splittern. Ich warf das eleastische Kunststoffrohr mit der Spritzdüse zur Seite, drückte mich von der Wand ab und schnellte Brolli gegen die Knie.

Er konnte nichts sehen, brüllte und schlug um sich. Ich machte ihn durch ein paar gezielte Schläge ruhig und nahm seinen Revolver auf. Dann stellte ich rasch die Munddusche ab, riß ein Badetuch aus einem Schrank, erstickte zunächst Brollis glimmenden Trainingsanzug, dann den kleinen Brand im Raum. Etwa 30 Sekunden vergingen. Dann wandte ich mich zur Tür, um nach Brolli zu sehen. Er lag auf dem Flur. Mit ein paar Schritten war ich bei ihm.

Plötzlich hörte ich Schritte. Um die Ecke bogen drei Männer in Straßenanzügen. Als sie mich neben dem am Boden Liegenden sahen, zogen sie Waffen. Ich sprang in den Abstellraum zurück und packte den erbeuteten Revolver. Hinter einen Schrank gepreßt, war ich bereit, die verbliebenen drei Kugeln so wirksam wie möglich einzusetzen. Sehen konnte ich nur Brolli, der direkt vor der Tür lag. Und nun wurde ich Zeuge einer fast gespenstischen Szene.

Brolli hatte ruhig gelegen. Nun kam Leben in ihn. Er richtete sich im Sitzen auf, fuhr mit den Händen über sein angesengtes Gesicht und begann wütend zu brüllen. Plötzlich stand er auf und machte Miene, in die Richtung zu wanken, aus der die Männer gekommen waren. Plötzlich hatte er eine Pistole in der Hand und ballerte blindlings los.

Andere Schüsse antworteten. Ich sah, wie die Einschläge seinen Körper erschütterten. Er blieb stehen, drehte sich dann halb um seine Achse und stürzte wie ein gefällter Baum.

Ich blieb in meiner Deckung. Sie war nicht schlecht. Hier würde ich mich eine Weile halten können, aber wie lange? Schließlich hatte ich drei bewaffnete Gangster gegen mich.

Zu meiner Verblüffung hörte ich draußen undefinierbare Geräusche. Eine Tür klappte, und dann dröhnte Phills Stimme aus einem Elektromegafon den Flur entlang. »Hier spricht der FBI! Ergeben Sie sich! Das Gebäude ist umstellt!«

Ich fragte mich, wie in aller Welt mein Freund von meiner gefährlichen Lage Wind bekommen hatte. Jedenfalls ging es draußen jetzt rund. Es gab eine ziemliche Knallerei. Dann hetzten zwei Männer an der Tür vorbei nach rückwärts.

»Hallo, Phil«, schrie ich laut, »ich bin hier.« Vorsichtig lugte ich um die Ecke, genau in Phils Gesicht. Verblüfft ließ er den Revolver sinken.

»Jerry, was machst du hier?«

»Kleiner Ausflug mit Hindernissen«, sagte ich. »Woher wußtet ihr, daß es höchste Zeit war, mich rauszuholen?«

»Das verdankst du Tricia. Sie ist hier gefangengehalten worden. Durch eine Katze hat sie einen Hilferuf nach draußen geschickt. Vor einer knappen Stunde hat uns die Besitzerin, eine Mrs. Schröder, angerufen. Ich hatte Nachtdienst, wie du weißt. Da sind wir gleich losgefahren. Aber was ist mit dem da?« Er beugte sich zu Brolli nieder.

Der junge Gangster war tot, erschossen von seinen eigenen Leuten. Einer der drei war wiederum in Notwehr von einem meiner Kollegen erschossen worden.

Die übrigen zwei schnappten wir wenige Minuten später im Oberstock. Als sie keine Chance mehr sahen, ließen sie sich festnehmen.

Danach durchkämmten wir das Haus. Hier war nun die Hölle los. Aufgeregte Patienten und nicht minder verstörtes Personal schwärmten durcheinander. Wir beruhigten sie, so gut es ging.

»Wo ist Gettoro?« fragte Phil nach einer Weile. »Er war doch auch hier. Ist er getürmt?«

Da gesetzlich nichts gegen den Mafiaboß vorlag, suchten wir zunächst nicht intensiv nach ihm. Schließlich entdeckten wir seine Leiche. Gettoro lag ertrunken in der Badewanne seines Zimmers. Sein Gesicht war verzerrt. Später stellte sich heraus, daß er ertränkt worden war. Nach Lage der Dinge konnte nur Brolli der Killer gewesen sein.

Nachdem alles vorüber war und die anderen Kollegen mit den Gefangenen abgefahren waren, gingen Phil und ich in Tricias Zimmer. Sie hatte dort auf uns gewartet.

Wir setzen uns. Ich war ziemlich erschöpft und hatte rasende Kopfschmerzen. Nun kam die Reaktion auf die im wahrsten Sinne des Wortes mörderische Nacht. Wir schwiegen lange.

»Ist es vorüber?« fragte Tricia schließlich.

»Ja«, sagte ich.

»Für dieses Mal«, ergänzte Phil.

»Was meint ihr damit«? fragte Tricia.

»Der Kampf gegen die Verbrecher der internationalen Drogenszene wird weitergehen«, sagte ich. »So lange bis du oder deine Kollegen ein wirksames Mittel gegen die Abhängigkeit vom Rauschgift gefunden haben. C.H. ist sicher noch nicht soweit.«

»Nein«, sagte Tricia, »aber wenn es ein Ziel gibt, für das zu arbeiten sich lohnt, dann ist es dieses. Wir werden ihn finden – den Weg zum Gegengift!«

ENDE

Als nächstes Jerry-Cotton-Taschenbuch erscheint der spannende Roman:

Fast ein Weltuntergang

Und so beginnt dieses neue Abenteuer des G-man Jerry Cotton:

Trotz der frühen Morgenstunde war das Geröll am Berghang schon sehr warm. Robert William Donelly, im Bundesstaat Tennessee vor rund 20 Jahren geboren, hatte Schuhe und Socken ausgezogen, weil er unter Schweißfüßen litt. Barfuß war er um den Hügel herumgegangen, hinter dem sie übernachtet hatten. Er hatte das Fernrohr mitgenommen und blickte hinab in die rötlich schimmernde Wüste.

Weit links lagen die niedrigen Gebäude, die der Army gehörten, wenn es stimmte, was Manuel Spicca ihnen erzählt hatte. Es mochte zutreffen, denn vor den Gebäuden flatterte an einem weißen Fahnenmast das Sternenbanner. Auf einem betonierten Hof standen in vier Reihen an die 60 Autos so scharf ausgerichtet, wie man es wohl nur beim Militär sah. Ein Jeep fegte gerade mit hoher Geschwindigkeit die schnurgerade Piste entlang, die in die Wüste führte. Er zog eine durchsichtige Fahne von aufgewirbeltem Sand hinter sich her. Donelly verfolgte den Weg des Jeeps. Er hörte nicht, wie sich Manuel Spicca von dem Hügel her auf ihn zuschlich.

Manuel Spicca trug Tennisschuhe, verwaschene Jeans und ein gelbes Unterhemd. Er war Anfang 20 wie die anderen auch, und er war kleiner als Donelly und schmächtiger. Aber das Äußere täuschte.

Als er hinter Donelly angekommen war, richtete er sich schnell auf. Noch im Aufrichten holte er schon mit der gestreckten Hand aus und schlug die Handkante hart auf Donellys rechten Oberarm. Donelly schrie auf. Das

Fernrohr rutschte aus seinen plötzlich gelähmten Fingern und rollte ein Stück den Abhang hinab.

»Bist du verrückt geworden?« kreischte Donelly mit schmerzverzerrtem Gesicht, während er sich den rechten Oberarm rieb. »Was soll das?«

Spicca starrte in die Wüste hinab, die vielleicht anderthalb Kilometer unter ihnen lag. Er sah mit bloßen Augen die Staubfahne, die der dahinrasende Jeep hinter sich herzog.

»Die Sonne steht genau richtig«, erklärte er ruhig, »daß sich ihr Licht in den Gläsern von deinem Fernrohr spiegeln könnte. Für die da unten müßte das wie ein Alarmsignal wirken. Aber es scheint, als hätten sie nichts bemerkt. Hoffentlich!«

Er drehte sich um, bedachte den breitschultrigen jungen Amerikaner mit einem Kopfschütteln und ging zum Hügel zurück. Spicca war auf den ersten Blick hin als Lateinamerikaner zu erkennen. Man hörte es auch dem deutlichen Akzent seiner Aussprache an. Als er sich ein paar Schritte entfernt hatte, blieb er plötzlich stehen und drehte sich noch einmal um.

»Wie konnten wir bloß so einen Idioten wie dich bei dieser Sache mitnehmen?« sagte er, und es war nicht als Frage gemeint, sondern sollte nur sein Unverständnis ausdrücken. Aus seinen kleinen, dunklen Augen musterte er den Größeren und sagte abschließend: »Ich kenne eure Berge nicht. Aber ich würde hier nicht barfuß herumlaufen. Wo sind deine Schuhe?«

»Beim Auto«, sagte Donelly und rieb noch immer seinen schmerzenden Arm.

Bis zum Auto hinter dem Hügel waren es vielleicht 40 Schritt. Eine kleine Entfernung – aber sie reichte aus für Donellys letzten Gang.